AF578033

PAPIER
FRESSERCHEN
MTM-VERLAG
DIE BÜCHER MIT DEM DRACHEN

Impressum:

Besuchen Sie uns im Internet:
www.papierfresserchen.eu

Herausgeberin: Martina Meier

Mühlstraße 10 – 88085 Langenargen
info@papierfresserchen.de

Erstauflage 2025

Gedruckt in Polen / Bookpress

ISBN: 978-3-99051-343-9 - Taschenbuch
ISBN: 978-3-99051-344-6 - E-Book

Maunz & Minka

Mausestarke Miezgeschichten

Band 4

Martina Meier (Hrsg.)

Maunz & Minka - Die Reihe

Die ersten drei Bänder der Reihe entstanden im Rahmen von Schreibwettbewerben für Kinder, die Geschichten darin wurden von Kindern für Kinder geschrieben.

***

Noch mehr Katzengeschichten?
Im Buch „Meine Katze ... und ich" wimmelt es nur so von Schnurrgeschichten. Alle Bücher unter
www.papierfresserchen.eu

Inhalt

Neue Ausschreibung 2025:

Verwandte und andere Katastrophen

Jede Familie hat sie – die liebenswerten Chaoten, die eigenwilligen Tanten, die peinlichen Onkel und die schrägen Cousins. Die Anthologie „Verwandte und andere Katastrophen" sucht nach humorvollen und skurrilen Geschichten, die zeigen, dass das Familienleben eine unerschöpfliche Quelle für Lacher und einzigartige Momente ist.

Erzählen Sie uns von Hochzeiten, die zur Bühne für Missgeschicke werden, von Familientreffen, die völlig aus dem Ruder laufen, oder von Verwandten, die es schaffen, mit einer einzigen Bemerkung das ganze Haus zum Schweigen zu bringen. Wir suchen nach Erzählungen, die das Chaos und die Liebe, die das Leben mit der Familie mit sich bringt, in all ihren Facetten einfangen.

Geschichten, die das Herz erwärmen, uns lächeln lassen und uns daran erinnern, dass die besten Momente oft die unvorhersehbaren sind. Zeigen Sie uns, wie der Familienalltag zu einem unvergleichlichen Abenteuer wird – manchmal chaotisch, aber immer mit einem Hauch von Humor und Charme. Das Buch soll im Sommer 2025 erscheinen.

Einsendeschluss 1.5.2025
für alle Altersgruppen
7500 Zeichen
Bilder und Illustrationen möglich (Bildformat jepg)
Infos unter: www.papierfresserchen.eu

Autorinnen und Autoren

Adina Heinemann
Charlie Hagist
Diana Frischknecht
Dörte Müller
Eva Joan
Felix C. M. Armbruster
Florian Geiger
Hannelore Futschek
Ingrid Baumgart-Fütterer
Ingrid Hägele
Jens Richter
Jochen Stüsser-Simpson
Juliana Barth
Luna Day
Margit Günster
Mirja Seim
Mona Lisa Gnauck
Oliver Fahn
Simone Lamolla
Simon Käßheimer
Toni A. Rieger
Ulli Krebs
Vanessa Boecking
Wolfgang Rödig

Ode an die Katze

Lautlos und schnell,
Jäger der Nacht,
haben so oft schon
Beute gemacht!

Pfoten aus Samt,
Augen, die blitzen.
Nachts auf Dächern
und Balkonen sitzen!

Alles wissen,
Mäuse jagen,
Ruhe bewahren
und nicht verzagen!

Schwarz und gestromt
kommen sie daher.
Sie einfach zu lieben,
fällt gar nicht schwer!

Schnurren und spielen
den ganzen Tag.
Das ist es, warum ich
Katzen so mag!

***Dörte Müller** (geboren 1967) schreibt und illustriert Kurzgeschichten für Kinder. Immer wieder tauchen Katzen in ihren Erzählungen auf. Die Katze ist auch das Tier, was sie am liebsten zeichnet.*

Eigentlich schade

„Moin Leute. Lucky und ich wünschen euch einen megaguten Start in die neue Woche. Wir hoffen, ihr habt am Wochenende genug gechillt und ausreichend Power geladen, um euch einer wirklich spannenden und coolen Challenge zu stellen. Bereit? Okay, dann unterstützt doch mal aktiv den Tierschutz. Da wird nämlich dringend Support gebraucht. Allein in den deutschen Tierheimen warten jede Menge Hunde, Katzen, Vögel, Kleintiere und Reptilien auf ein neues Zuhause und eure Hilfe, egal ob als Gassigänger, Streichler oder Sponsor. Vor allem für die vielen kleinen Samtpfoten ist die Lage in diesem Jahr krass dramatisch. Kaum zu glauben, aber wahr: Über 13 Millionen Hauskatzen suchen in Deutschland ein neues Zuhause. Zahlreiche Tierheime mussten sogar schon einen Aufnahmestopp verhängen. Bäm“, erklärt Lucy unseren Followern.

Jetzt wendet sich die erfolgreiche Petinfluencerin mir zu. Sie streichelt meinen Rücken. Mein Schnurrmotor läuft sofort an und bald auch schon auf Hochtouren. Ich schmiege mich eng an Lucy, wissend, dass sie das jetzt von mir erwartet. Wir beide sind längst ein eingespieltes Dream-Team.

„Seht euch meine zuckersüße Lucky an. Sie ist auch so eine arme Seele, die vor ein paar Jahren als Streunerin nach einem schweren Autounfall auf der Straße gefunden wurde. Genau. Leider musste damals ein Beinchen amputiert werden, aber das stört meinen Stubentiger heute gar nicht mehr.“

Lucy wirft einen kleinen Plastikball auf den Boden. Ich springe wie auf Kommando hinterher. Während ich auf dem Boden spiele, macht Lucy unserer riesigen Fangemeinde klar, dass das Katzenzubehör von *Maunz und Minka* einfach der Hammer ist. Egal ob Bällchen, Angel oder Intelligenz-Spielzeug, sie feiere einfach alles. Jetzt schnappt sie sich eine dieser Mäuseangeln, die ich einfach über alles liebe. Ich hopse und tanze bald wild um sie herum, bevor ich schließlich mit einem Leckerchen der Firma *Miez de luxe* belohnt werde. Die kleinen Fischsnacks sind einfach göttlich und haben ihren Preis völlig zu Recht. Aber zum Glück müssen wir sie nicht bezahlen. Lucy bekommt nämlich jeden Tag mehrere Pakete unaufgefordert zugeschickt. Mal enthalten sie interaktives Katzenspielzeug, mal Trocken- oder Nassfutter der Extraklasse, mal kostspielige Pflegeprodukte, einen Kratzbaum, stylishe Näpfe oder eine hypermoderne Katzentoilette. Dabei ist mein Zuhause hier längst ein luxuriöses Katzenparadies mit fünf Sternen. Ich kann mich in meiner Wohlfühloase auf insgesamt drei mehrstöckigen Kratzbäumen austoben, dank der Katzenmöbel im wahrsten Sinne des Wortes sogar im Wohnzimmer die Wände hochgehen oder die wärmende Sonne auf zwei katzensicheren Balkonen und mehreren frei geräumten Fensterbänken in Katzenschaukeln genießen. Trotzdem hätte ich gerne mehr Reichweite und damit meine ich beileibe nicht die virale. Manchmal vermisse ich nämlich das Leben draußen in freier Natur schon tierisch – das Herumstrolchen durch das Viertel, die Gesellschaft von Katzenkumpeln, die spannende Jagd auf Vögel.

Wie heißt es bei den Menschen noch? „Die Katze lässt das Mausen nicht." Und: „Der Katze Spiel ist der Mäuse Tod."

Tja, selbst hier in meinem goldenen Käfig bin ich alles andere als untätig. Tagein, tagaus schleppe ich Mäuse an, allerdings in Form von Geld und Waren. Ich bin nämlich nicht nur eine von 15 Millionen kleinen süßen Fellpfoten in deutschen Haushalten. Ich gehöre auch zu den auserlesenen 14 Prozent, die tatsächlich ihren eigenen Social-Media-Account haben. Und meiner kann sich wirklich sehen lassen. Die Anzahl der Followerschaft von lucky3.the.cat stieg in den letzten Jahren rasant an. Kein Wunder. Ich bin eben besonders. Nicht nur wegen meiner Dreibeinigkeit, einem wirklichen Alleinstellungsmerkmal, wie es in der Marketingpsychologie heißt, sondern vor allem deshalb, weil ich eine Glückskatze bin. Nee, nicht so eine kitschige aus dem Chinaladen mit Batterie, die ständig mit dem Arm winkt und für gute Laune sorgen soll. Nein, ich habe wirklich ein ganz spezielles Fellmuster, das nicht nur auffallend schön, sondern zugleich dreifarbig – rot, schwarz und weiß – und eher selten ist. Das hat Lucy unseren vielen Abonnenten neulich erst wieder gesteckt.

„Ganz ehrlich, Leute, Katzen haben in jeder Kultur schon immer ihre ganz eigene Bedeutung gehabt", meinte sie. „Aber die dreifarbigen waren schon immer on top. In Japan wurden sie früher als Schiffskatzen eingesetzt, um die Besatzung vor Unwettern und Krankheiten zu beschützen. Genau. Und bei uns im Mittelalter sollten sie Häuser und deren Bewohner vor Krankheiten und Feuer schützen. Das muss meine kleine Lucky natürlich nicht, aber sie bringt mich wirklich jeden Tag unfassbar oft zum Lachen. Und sie liebt es, mit mir zu kuscheln. Lucy ist eine mega Kampfschmuserin. Sie tröstet mich auch, wenn ich mal mies drauf bin. Und sie ist einfach megaclever. Guckt mal, wie krass sie performen kann."

Normalerweise zeige ich an dieser Stelle irgendeinen Trick. Aber in letzter Zeit spule ich mehr und mehr das volle Programm ab – Rolle, Männchen, Pfote und sogar Küsschen geben. Denn – aus welchen Gründen auch immer – die Zahl unserer Follower will einfach nicht weiter steigen. Im Gegenteil. Einige Abonnenten melden sich sogar wieder ab, andere liken nur noch selten. Dabei posen und posten wir, was das Zeug hält. Es ist zum Mäusemelken. Der virale Hype rund um mich und all die vielen anderen Miezen auf Social Media scheint vorbei zu sein. Lucys magische Follower-Traumzahl von 100.000 rückt zunehmend in weite Ferne, egal welchen Content sie postet. Ich verstehe es nicht. Meine athletischen Kunststücke und ihre wirklich interessanten Wortbeiträge rund um die Katzenwelt und Tierschutzthemen scheinen mehr und mehr ausgedient zu haben. Wahrscheinlich dauert es gar nicht mehr lange, bis es unwiderruflich heißt: Aus die Maus. Mir soll es irgendwie auch recht sein. Ich performe zwar vor der Kamera gerne als Diva und noch lieber als Naschkatze, aber die akrobatischen Verrenkungen und das nach außen gestellte vermeintliche Dauerglücksgefühl brauche ich nun wirklich nicht. Ich mag es ebenso zu chillen und zu dösen. Katzen schlafen im Schnitt immerhin bis zu 20 Stunden am Tag. Und ich weiß mich auch ansonsten gut zu beschäftigen.

Lucy erscheint es nicht anders zu ergehen. Denn sie will jetzt im Internet tatsächlich so eine von diesen wahnsinnig teuren KI-Mäusen ordern. Das hat sie vorhin unserer Community und damit auch mir verraten. Die Dinger sind gerade mehr als angesagt unter den Hipsters. Kein Wunder: Mit ihren riesigen, runden Ohren, der niedlichen Stupsnase und den übergroßen Füßen sind diese weltberühmten KI-Comicfiguren, die wirklich jeder noch aus seiner Kindheit kennt, einfach sofort ein Hingucker. Und nicht nur das. Mit ihrer eingebauten Hard- und dazugehörigen Software sind diese neuen

Micky-Mäuse und Minnies 2.0 echt lernfähig. Wer technikaffin ist und mit ihnen richtig umzugehen weiß, soll angeblich bald kleine, niedliche Roboterwesen vor sich haben, die das geistige Level eines Schulkindes erreichen und auch die Anforderungen der Sekundarstufe II nicht fürchten müssen. Zugleich sind es flauschige Kuschelpartner, die wie Stofftiere geliebt und wie Puppen umgezogen werden können, meinen die Hersteller aus Übersee.

Hallo? Ob das mal alles so stimmt? Oder kauft man da nicht doch irgendwie die Katze im Sack? Ich werde es wohl bald herausfinden. Lucy ist jedenfalls schon jetzt im siebten Himmel, auch weil diese KI-Mäuse im Vergleich zu echten Haustieren natürlich viel pflegeleichter sind. Ich sage nur tägliche Versorgung, Körperpflege, Beschäftigung und Urlaubsbetreuung. Und trotzdem: Auch KI will trainiert und regelmäßig gewartet werden.

„Leute, ich hab für meine kleine Zuckermaus Minnie Daisy eben noch die XXL-Erstausstattung bestellt. Bäm. Denn mindestens einmal die Woche soll es hier demnächst exklusiv für euch eine kleine, aber umso feinere Online-Modenschau geben. Alles im Stil von Chanel/Versace/Dior 2.0. Also nicht vergessen: Der neue Account, der nächsten Monat am Start sein wird, heißt Zuckermaus. Minnie 2.0_ KI. Ihr ahnt gar nicht, wie unfassbar aufgeregt ich jetzt schon bin. Ich freue mich einfach mega. Auf mein Leben mit Minnie und natürlich auf eure vielen Likes."

Meine Vorfreude hält sich dagegen arg in Grenzen. Denn ich vermute, dass ich demnächst auch im wahren Leben bei Lucy oft abgemeldet sein werde. Eigentlich schon schade, dass KI für Künstliche und nicht für Katzen-Intelligenz steht. Ganz ehrlich: Die herkömmlichen Computermäuse – egal, ob mit Kabel oder funkgesteuert – waren mir deutlich lieber.

Ulli Krebs, *wohnhaft in Norddeutschland, 1965 in Düsseldorf geboren, Studium Sozialarbeit, Journalismus und PR, als freie Redakteurin tätig, Hobbyautorin, Veröffentlichungen von Gedichten und Kurzgeschichten in verschiedenen Anthologien sowie Publikation eines Regionalkrimis.*

Simba, der Samtpfotenkönig

Hallo, liebe Freunde! Ich bin Simba und möchte euch heute ein wenig aus meinem königlichen Leben erzählen. Ich bin der Samtpfotenkönig unseres kleinen Dorfes. Ich lebe hier mit meiner Familie: Mama, Papa und meinem Samtpfoten-Bruder Smoky. Wir wohnen in einem gemütlichen, wunderschönen Häuschen. Mama und Papa sagen zwar, dass das Haus ihnen gehört, aber ich weiß ganz genau, dass es eigentlich meins ist. Die meisten Möbel wurden für mich gekauft, und somit ist es doch offensichtlich, dass alles mir gehört, oder? Mama und Papa dürfen natürlich bleiben, schließlich braucht ein König Personal!

Mein Bruder Smoky! Okay, der kann meinetwegen auch bleiben. Er hilft nicht gerade viel im Haushalt, aber er hat auch seine Pflichten hier im Königshaus. Er pflegt mein Fell immer mit großer Hingabe und das macht er wirklich hervorragend. Manchmal spielen wir zusammen oder machen Unsinn. Aber wir streiten uns auch und dann raufen wir richtig. Meistens fange ich damit an. Wisst ihr, ich ärgere ihn immer so gerne und dann wird er oft ein bisschen wütend.

Mein Lieblingsplatz im Haus ist auf meinem hohen Kratzbaum, der direkt vor einem Fenster steht. Von dort aus habe ich einen fantastischen Blick auf das ganze Dorf. Die Menschen, die unten auf der Straße vorbeilaufen, können so ihren König sehen.

Meine Mama ist einfach die Beste! Sie kümmert sich immer um mich, wenn ich hungrig bin oder mir langweilig ist. Manchmal wecke ich sie sogar nachts auf, weil ich Lust auf Gesellschaft oder Hunger habe. Dann gehen wir zusammen in die Küche. Ich liebe es, wenn sie mich begleitet. Ich bekomme dann immer etwas Leckeres. Es ist wichtig, dass das Personal meine Wünsche erfüllt, oder? Wer will denn schon einen hungrigen oder gelangweilten König?

Was ich überhaupt nicht mag, ist, wenn Mama meine perfekte Frisur ruiniert, indem sie mich streichelt oder kämmt! Ein richtiger Haar-Notfall ist das dann. Ich muss stundenlang vor dem Spiegel stehen, um alles wieder in Ordnung zu bringen, damit ich wieder umwerfend aussehe. Könnt ihr euch vorstellen, wie anstrengend das ist?

Aber ich sage euch, ich liebe es, mit meinem Papa auf dem Sofa zu kuscheln. Das ist so gemütlich! Manchmal nehme ich sogar seinen Platz ein. Er muss sich dann ganz klein machen, damit er sich noch hinsetzen kann. Aber ich finde, das muss ja auch so sein. Ein König muss auswählen können, wo er sich in seinem Reich hinsetzen darf.

Oh, und das Fußspiel mit Papa ist einfach herrlich. Wenn er seine Füße unter die Decke steckt, stürze ich mich mit Begeisterung darauf, um sie zu fangen. Papas laute Quietscher machen das Spiel besonders lustig. Dann weiß ich, er liebt es bestimmt genauso wie ich.

Ach ja, und meine Lieblingsleckerlis, die Dreams! Kennt ihr die auch? Ich könnte diese himmlischen Dinger den ganzen Tag essen, auch wenn Mama das nicht immer so gut findet. Aber ich sage ihr dann, dass diese Dreams sehr wichtig und gesund für einen König sind. Sie versteht das dann auch, weil sie ja selbst möchte, dass es mir gut geht. Ein bisschen mühsam ist nur, dass ich sie oft daran erinnern muss, dass ich wieder Nachschub brauche. Und glaubt mir, das tue ich lautstark.

Ihr seht, mein Leben als Samtpfotenkönig ist wirklich sehr anstrengend. Ich habe den ganzen Tag viel zu tun. Aber mehr erzähle ich euch ein anderes Mal und bis dahin genieße ich meine königliche Ruhe.

Diana Frischknecht *ist 51 Jahre alt und kommt aus der Schweiz. Sie lebt mit ihrem Mann und ihren beiden Katzen in einem kleinen Dorf im Appenzeller Land. In ihrer Freizeit verbringt sie gerne Zeit mit ihren Katzen, liest, malt, schreibt oder trifft sich mit Familie und Freunden. Zudem nimmt sie derzeit an einem kreativen Schreibkurs teil, der ihr große Freude bereitet.*

Eine nachdenkliche Katze

In der stillen Ecke meines Reviers, wo Sonnenstrahlen sanft mein Fell wärmen und geheimnisvolle Schatten tanzen, kämpfe ich mit einem unerwarteten Feind – dem Krieg in mir. Bin ich wirklich die majestätische Jägerin, für die ich mich gehalten habe, oder doch nur ein räudiger Tiger im Kleinformat?

An Tagen, an denen der Wind mein Fell kämmt und der Duft von Abenteuer in der Luft liegt, spüre ich, wie mein geschmeidiger Körper sich bereit macht. Ich übe Sprünge über das Sofa und hoch hinauf auf den Tisch. Doch während ich mich anmutig bewege, befallen mich zugleich leise Zweifel. Bin ich die Herrscherin meiner Welt oder lediglich eine lausige Hauskatze, die sich im Licht aalt und Freiheit einbildet?

Ich beobachte die Mäuse, die auf flinken, kurzen Füßen über den Boden huschen. Ihr fröhlicher Nachwuchs tummelt sich im Körbchen, eng aneinandergeschmiegt und scheinbar unbeschwert. Gibt es einen Weg für mich, es ihnen nachzutun? Wie lange kann ich mich noch zusammenreißen, wenn ich wieder mal der Versuchung erliege, in die Finsternis des Schlafzimmers hineinzuschleichen und unter der Decke meiner Besitzer Frieden zu suchen?

In mir tobt ein Kampf. Da sind die Tage, an denen ich mir einrede, dass ich in meinem kleinen Königreich lebe. Kommt der Moment der Stille im Haus, durchkreuzen Gedanken meinen Schädel. Was, wenn ich eines Tages erfahre, dass ich meinen Besitzern nicht gut genug bin? Was, wenn ich in diesen Zimmern niemals die Beute fangen werde, wie es meinen Fähigkeiten entspricht? Ebenso wie der Mensch, der gegen seine inneren Dämonen ringt, fühle ich mich in meinen Erwartungen gefangen.

Aber jetzt, als ich über die Terrassentür in den Garten komme und flugs durchs Gras schieße, fühle ich den Rausch der Unabhängigkeit. Ich fahre meine Krallen aus und strecke mich nach Vögeln. Auch wenn ich sie nicht erreiche, ist der Krieg in mir als gewöhnlicher Teil meines Daseins vorübergehend ausgeschaltet. Ich bin nicht nur eine Katze – ich bin eine Wanderin zwischen Zivilisation und Natur.

Mäuse, die mir begegnen, sind nicht nur Objekte meiner Jagdbegierde. Sie repräsentieren auch meine Ängste. Ich jage und werde gejagt. Mit jedem Angriff auf sie folge ich meinen Instinkten. Mag der Krieg in mir auch später wieder toben, gerade erblühe ich in diesem Trieb.

Jede Beute ist ein Sieg, der mir bewusst macht, dass es mich beim nächsten Mal selbst treffen könnte. Ich schleiche mich zurück ins Haus. Der Krieg in mir, der nach einer Feuerpause allmählich wieder zu toben beginnt, wird immer ein Teil von mir sein, aber ich werde mich nie unterkriegen lassen.

Ich bin auf dem Weg zu den Mäusen, doch wage ich nicht, dorthin abzubiegen. Stattdessen lege ich mich zwischen meine Besitzer ins Ehebett. Zu meiner Überraschung werde ich vom Hausherrn gedrückt und von der Hausdame nicht hinausgestaubt.

Oliver Fahn, *geboren am 21. März 1980 in Pfaffenhofen an der Ilm, Oberbayern, ist ein vielseitiger Autor. Seine Werke sind in anerkannten Publikationen wie DUM, Poets of the New World, Radieschen, eXperimenta und etcetera erschienen. Zudem wurden seine Texte von der Stadt St. Pölten und der Friedrich-Naumann-Stiftung veröffentlicht. Gemeinsam mit der Schriftstellerin Polina Jäger nimmt er regelmäßig an Wettbewerben teil.*

Katers Tagebuch

Katers Tagebuch

Wo zum Hund ist mein Kratzbaum? Weg! Einfach weg!

Ich bin gerade aus meinem Mittagsschlaf erwacht und als Erstes kommt so ein Schock? Ich reibe mir den Schlaf aus den Augen und sehe mich erneut im Zimmer um.

Alles steht an seinem gewohnten Platz, nur mein Kratzbaum nicht. Ich hasse Veränderungen! Der Kratzbaum stand immer im Wohnzimmer, dort ist er aber nicht mehr! Einfach so! Irgendwas geht hier nicht mit rechten Dingen zu. Ich renne in Sabrinas Schlafzimmer, dort ist er auch nicht. Aber Moment mal, auch hier fehlt etwas. Eigentlich alles! Das ganze Zimmer ist komplett leer. Alles, was an Sabrina und – noch wichtiger – an mich erinnert, ist weg. Sollte es etwa wirklich schon so weit sein? Ist heute der Tag, an dem ich und Sabrina umziehen?

Das mit dem Datum hab' ich noch nie kapiert. Es reicht doch, wenn man an morgen oder übermorgen denkt, aber an über-, über-, über-, über-, über-, über-, über-, über-, über-, über-, über-, über-, über-, über-, über-, über-, über-, über-, über-, übermorgen, das ist zu viel für mich.

KRAWUMMS!!! Ein lauter Knall, der mich aus meinen Gedan ken reißt, kommt irgendwo aus dem Treppenhaus. Schnell setze ich mich in Bewegung, haste um die Kurven – puh, bräuchte vielleicht etwas mehr Übung im Rennen, andererseits finde ich zu viel Bewegung eher überflüssig. Welcher Beute sollte ich hinterherrennen? Die Salami aus der Packung hat noch nie Anstalten gemacht, einfach davonzulaufen.

Ich komme ins Treppenhaus und da, am Fuße der Treppe, sind Sabrinas Eltern mit meinem nun nicht mehr hübsch anzusehenden Kratzbaum! Horror! Das war also das Geräusch! Mein Kratzbaum ist kaputt! NEIN!!! Habe ich schon gesagt, dass ich Veränderungen hasse? „Paps, pass doch auf!", ruft Sabrina erschrocken, die gerade das Treppenhaus durch die Haustür betritt.

„'tschuldige, Kleines, das Ding ist schwerer, als ich dachte", flüstert etwas verlegen Sabrinas Vater.

„Entschuldige dich lieber bei Felix, es ist schließlich sein Kratzbaum." Also war es wirklich schon so weit? Der Tag der Veränderungen war gekommen!

Sabrina, nun diplomierte Grafikdesignerin – was immer das auch sein soll – hatte einen Job bei einer Werbeagentur angenommen – was auch immer das sein soll – bei dem sie – zu meinem Glück – dank *Haumoffiss* viel von zu Hause arbeiten kann. Zumindest zweieinhalb Tage die Woche.

Die anderen zweieinhalb Tage soll sie im Büro arbeiten. Auf meine Frage hin, warum sie nicht komplett von zu Hause arbeiten kann oder warum sie nicht einfach von ihrem Elternhaus pendelt, hat sie mir nicht geantwortet. Fragen unsererseits beantworten Menschen ja nicht, können sie oder wollen sie nicht zuhören, das ist hier die eigentliche Frage. Maunzt man eine Frage, heißt es nur: „Ach, wie süß, du bist aber ein Lieber."

Das mit dem Umziehen ist mir im höchsten Maße suspekt. Ich bin hier in diesem, Sabrinas Elternhaus aufgewachsen. Mit meinen viereinhalb Jahren bin ich dem Teenageralter schon lange entwachsen und habe vermutet, es würde ewig so weitergehen wie bisher. Ich weiß, viereinhalb ist noch jung und ich habe weit mehr als die Hälfte meines Lebens vor mir, aber ich hasse eben Veränderungen und hatte gehofft, mein Leben würde ewig in diesen gewohnten Bahnen ... ähm, weiterbahnen.

Wenigstens werden wir nicht weit wegziehen, das neue Zuhause kenne ich schon von einigen Besuchen dort. Sabrina mietet zum Familienrabatt ein kleines Apartment im Haus ihrer Tante Luise. Sie wollte nicht nur dorthinziehen, damit sie näher an ihrem Arbeitsplatz wohnt, sondern auch, um selbstständiger zu werden.

Ob das jetzt so viel ändert, von den Eltern zur Tante zu ziehen, frage ich mich natürlich. Aber Menschen – und ganz besonders weibliche Menschinnen – hören einem eh nicht zu.

Nun aber zurück zum Kratzbaum-Unglück.

Etwas beleidigt mit Sabrinas Vater Fritz springe ich Sabrina auf den Arm. Nach diesem Schreck brauche ich zuerst ein paar Streicheleinheiten.

Sabrinas Mutter Maria kommt gerade von draußen rein. „Oh,

Fritz, konntest mal wieder nicht auf mich warten mit dem Tragen."
„Ich bin ja der Mann, also sollte ich die schweren Sachen tragen!", wendet Sabrinas Vater sogleich ein.

Nun werden nicht nur die Kratzbaumreste in Sabrinas Auto geladen mit dem Versprechen, mir einen neuen zu kaufen, sondern auch noch sämtliche Habseligkeiten, die sich im Haus von mir und Sabrina angesammelt hatten. Stoffmäuse, meine Wollknäuelsammlung, Katzenspielzeug und Sabrinas Spielzeuge – aber sie möchte nicht, dass das so genannt wird, vor allem nicht mit einem süffisanten Unterton, wie es immer ihr Vater macht: „Deine Püppchen."

„Papa! Das sind keine Püppchen, das sind *Saints Fiktschn Äktschnfiguren*, aber keine Püppchen!" Um weiterem Spott ihres Vaters entgegenzuwirken, packte sie ihre Lego-Sammlung selber zusammen.

Es wird später Nachmittag und das Auto füllt sich immer mehr. So langsam ist es nun wirklich Zeit, sich von meinem alten Zuhause zu verabschieden. Wie oft bin ich durch den Flur gerannt, bin auf der *Kautsch* eingeschlafen und habe unzählige Stunden damit verbracht, mit meinen Wollknäueln zu spielen.

Das wird von nun an anders werden – bis auf das Spielen mit den Wollknäueln. Tante Luises Haus kenne ich ja, wie gesagt, schon. Sicher, nicht so gut wie mein bisheriges Zuhause, aber verlaufen werde ich mich nicht.

Was mir mehr Sorgen macht, sind die ganzen anderen Katzen in der Nachbarschaft. Hier, in meinem alten Zuhause, war ich weit und breit der einzige Kater. In Luises Nachbarschaft gibt es einige Katzen. Bisher kenne ich nur Veggie, den Kater von unserer zukünftigen Nachbarin Gertrude. Sie ist im gleichen Alter wie Sabrina, sieht aber um einiges älter aus. „Wir leben sehr naturverbunden und ausschließlich vegan!" Das wird der Grund dafür sein.

Veggie wurde leider auch veganisiert. Muss mir den Burschen mal vorknöpfen und einen richtigen Kater aus ihm machen, er braucht sicher einen Lehrmeister.

Mittlerweile sitze ich in meinem Katzentragekorb auf dem Beifahrersitz von Sabrinas Auto. Es sind alle Dinge gepackt, Sabrina wurde von ihren Eltern herzlich zum Abschied umarmt und die Fahrt sollte gleich losgehen.

Ich kann mich noch gut erinnern, als ich das erste Mal in so einem Auto mitgefahren bin, das war auf dem Weg zum Metzger … Verzeihung, zum Tierarzt, der, der immer sagt: „Das tut mir mehr weh als dir." Nein, tut es nicht!

Auf jeden Fall war ich am Anfang sehr verwundert, wieso ich nun in so ein kleines Haus gebracht wurde, und bekam einen *Morzschrecke*n, als sich das Ding plötzlich in Bewegung setzte. Sabrinas kleine Kiste nennt man Käfer und er summt auch so laut wie einer. Wie ein ganz dicker, großer Käfer. Heute weiß ich natürlich, was ein Auto ist, und auch, dass es da ganz viele verschiedene Formen gibt.

Der Weg führt uns hinaus aus meiner alten Straße, meiner Heimat, dem Ort, an dem ich aufgewachsen bin und immer bleiben wollte. Ich hasse Veränderungen – hab' ich, glaube ich schon mal gesagt …

Felix C. M. Armbruster *(www.designkunstgestaltung.de) ist diplomierter Kommunikations-Designer mit Schwerpunkt Informations-Design. Er arbeitet als selbstständiger Designer, Illustrator und Künstler im beschaulich gelegenen Tettnang (Baden-Württemberg) nahe des Bodensees, wo er auch 1989 das Licht der Welt erblickte. Gerne bringt er das kreative Kopfkino, das ihm innewohnt, zu Papier und hat schon einige (noch unveröffentlichte) Manuskripte erstellt, vom Jugendroman bis zum Krimi.*

Auf Steinflügeln

Im Land der Pharaonen, wo der Sand von Steinen rieselt, stehen die Pyramiden der alten Zeit. Unter ihnen gibt es Gänge und Geheimkammern, die Jahrhunderte nicht betreten wurden. Aber nicht nur dort sind Rätselhaftigkeiten zu entdecken.

Im Tempel von Bubastis, der zu Ehren von der Katzengöttin Bastet erbaut wurde, gab es mehrere Sphinxe. Die meisten wurden schon von den Menschen geplündert, ausgeliehen und zum Bestaunen aufgestellt. Doch eine gab es noch, sie war ganz tief in einer geheimen Kammer. Eine Pharaonin selbst ließ sie nachträglich einbauen, um ihrer geliebten Katze ein angemessenes Grab zu geben. Ihr schlanker Körper wurde mumifiziert und unter einer Sphinx zur Ruhe gebettet.

Doch eine Priesterin Bastets und enge Freundin der Pharaonin belegte die Katze mit einem Segen, sodass sie bei Nacht durch die Gänge wandern konnte. Aber das traf nicht nur die Katze Kiki, auch der geflügelte Wächter Marik wurde damit belegt. Seit jenem Tag wandeln die beiden bei Nacht durch den Tempel und spielen miteinander.

„Du kriegst mich nicht", ruft Kiki aus und schleicht unter den Statuen der Götter hindurch.

„Du spielst wieder unfair", meint ihr Wächter.

„Marik, du kannst fliegen, und wenn ich dich fangen muss, tust du das auch."

Zum Beweis fliegt die Marik einen Looping.

„Genau das meine ich", sagt die Katze und kommt unter der Statue hervor.

„Und da schimpfst du auch immer", erwidert der Steinwächter und gleitet zu Boden. „Jeder von uns hat nun mal seine Vorteile."

„Jetzt spiel nicht den weisen Wächter." Kiki streckt sich. „Was machen wir jetzt?"

„Wir haben schon lang nichts mehr umgestellt."

Kiki sieht Marik an. „Da hast du recht." Sie geht sich mit der Pfote über das Gesicht und schleckt sie dann ab. Auch wenn sie es dank der Bandagen um ihren Körper nicht mag, kann sie diesem Drang einfach nicht widerstehen. „Aber das ist immer so aufwendig und ich werde schmutzig", erinnert sie sich und putzt sich weiter.

„Lassen wir doch wieder die Krokodile hinein."

„Dass ich wieder fast meinen Schwanz verliere?", brummelt Kiki. Ihr Blick geht durch eines der Mauerlöcher.

„Was geht dir durch den Kopf?", fragt ihr Wächter und landet neben der Katze.

„Wir waren nur bis zum Nil und irgendwie nie weiter."

„Du weißt, dass die Menschen gerne Steine ansehen und oft, aber sobald sich etwas bewegt, macht es ihnen Angst."

Kiki blickt in das Katzengesicht der Sphinx. „Und wenn wir vorsichtig sind?"

„Du", will er wissen und zeigt mit der Tatze auf die Katzenmumie.

„Klar, ich. Als wenn du weniger auffällst als ich."

Marik sieht sie mit großen Augen an. „Als wenn ich etwas dafür kann, dass ich eine verzauberte Sphinx bin."

„Du hast die ganzen bösen Mythen vergessen, die sich um dich ranken."

„Als wenn dein Mythos so viel besser wäre."

„Ich bin nur eine Katze von Bastet."

„Die verflucht sein soll und deswegen so versteckt ist."

„Blödsinn!"

„Bei mir doch auch. Bleiben wir hier und lassen die Menschen in Ruhe."

„Aber ich will sie auch mal sehen und vielleicht einen neuen Freund zum Spielen finden."

„Pff", macht Marik und stößt sich vom Boden ab. „Jetzt kommt es raus, ich bin ja nur der doofe Steinwächter."

„Nein, aber mehr Freunde bedeuten mehr Spaß."

Der geflügelte Kater fliegt hoch auf eine Statue.

„Jetzt sei doch nicht eingeschnappt."

„Pfff." Er legt die Flügel über seinen Kopf.

„Du bist manchmal so was von kindisch." Kiki läuft weg von Marik und setzt sich ans Ende des Ganges. Hier kommen die Menschen immer rein. Sie würde sie so gerne mal sehen. Sie sieht zu ihrem

Wächter, der immer noch auf Statue macht. Manchmal wünscht sie sich, dass man ihre Grabstätte entdeckt und sie von Menschen weggetragen wird. Aber eigentlich will sie nicht hier weg. Sie will nur ab und zu etwas anderes sehen.

Sie hüpft über Steine und Statuen zu einem der Mauerlöcher des Tempels. In der Ferne sieht sie über den Nil hinweg Lichter. Dort sind die Menschen. Kurz blickt sie über die Schulter zu ihrem geflügelten Wächter, der sich immer noch bockig versteckt. Sie packt die Gelegenheit beim Schopfe und springt hinaus. Weich landen ihre Pfoten im Sand. Schnell tapst sie durch die Wüste zum Fluss. Das Wasser ist relativ ruhig, was nicht heißt, dass es ungefährlich ist. Sie weiß, die Reptilien lauern unter der Oberfläche.

An einer Palme klettert sie empor und hofft, weit genug springen zu können, sodass sie nicht im Wasser landet. Sie springt und die Oberfläche kommt ihr schneller entgegen, als ihr lieb ist. *Platsch.* Sie paddelt, so schnell sie kann, ans Ufer. Ihre Bänder sind nass und das mag Kiki noch weniger, als sich zu langweilen.

„Selbst schuld", hört sie über sich.

„Du hättest mich aufgehalten", sagt die Katze zu ihrem Wächter.

„Weil es eine dumme Idee ist."

„Werden wir sehen." Kiki läuft los und bei jedem Schritt versucht sie, das Wasser aus ihrem Körper zu schütteln.

Kurz vor den Lichtern klebt mehr Sand an ihr, als sie gedacht hatte, dass es geben würde. Kein Schlackern hilft da mehr, er sitzt einfach fest. Doch ihr ist das egal, sie ist weitergekommen und lässt sich noch weniger davon abbringen, zu dem Menschen zu gelangen. Sie schleicht im Dunkeln der Häuser umher.

Plötzlich springt ein Hund vor sie und bellt sie mit gefletschten Zähnen an. Nur einen Augenblick später kommt ein Mensch um die Ecke und leuchtet Kiki an. Schreiend läuft er weg. Der Hund schnappt nach ihr und sie springt höher, erst auf ein Fass und dann auf ein Stück Mauer. Ihr Blick ist auf die Gasse gerichtet, wo der Mensch entlangläuft.

Wieder schreit jemand, dieses Mal neben ihr. „Kiki", ruft Marik.

„Warum tun die Menschen das?", fragt sie sich laut. Sie vernimmt das Schlagen der Steinflügel. Ihr Steinwächter packt sie mit seinem Maul am Genick und fliegt höher. Ein lauter Knall ertönt unter ihnen.

Am Grabmal angekommen, lässt er sie los und spuckt den Sand aus. „Widerlich“, sagt er immer wieder und geht mit der Pfote über sein Maul.

„Was war das? Warum waren sie so laut?“

Marik schüttelt sich. „Menschen schreien, wenn sie etwas nicht kennen und Angst haben.“

„Aber so laut?“

„Kiki, du bist eine Katzenmumie, die mit Sand bedeckt ist. Du schaust aus, als wenn du direkt aus der Unterwelt gekommen bist.“ Mit der Steinpfote gleitet er über ihren Rücken. „Und wie du schon gesagt hast, ranken genug Mythen um mich.“

„Und was war das für ein Knall?“

„Ich weiß es nicht, aber ich glaube nicht, dass es etwas Gutes war.“

„Ich will da nie wieder raus.“

„Besser ist das.“ Er stupst sie an. „Aber weißt du was? Wenn es dunkel ist, kannst du auf meinen Rücken und wir fliegen darüber. So wird uns keiner sehen und du warst in der Stadt.“

„Aber heute nicht mehr“, sagt Kiki und macht sie klein.

„Nein, heute nicht mehr. Lass uns schlafen gehen.“

Die Katzenmumie stimmte zu und schleicht in ihr Grab.

***Luna Day** entdeckte ihre Liebe zum Schreiben durch Harry Potter und Rollenspiele. Heute begeistert sie mit einer bunten Mischung aus Kindergeschichten, Fantasy und Romance.*

Die Geschichte von Sir Parsival und seinen Freunden

Der Sir dämpfte seine Stimme, sodass Ruhe einkehrte. Voller Stolz über seine Führerschaft tänzelte er vor den Nasen seiner Mitbewohner. „Herhören! Wir stehen vor einer Umwälzung. Wie ich die Sache sehe, dürfte der Tanz bald beginnen."

Es war an Lady Smoth, mittels eines betörenden Augenaufschlags nicht zu antworten. Die Lady hatte ihre Rolle voll drauf, erst dann was zur Sachlage zu sagen, wenn sie sicher sein konnte, in der Wohngemeinschaft eine gute Figur abzugeben.

George, der dem Sir ständig auf den Zeiger ging, würde gleich seinen Senf absondern. Es überraschte nicht, als aus der Ecke, die der füllige Raufbold schon von Anfang an für sich beanspruchte, ein ärgerliches Zischen kam. „Sir, du darfst fast alles, auch mich beim Pennen stören! Wenn ich was nicht leiden kann, dann dass mir jemand sagt, ich solle dieses oder was ganz anderes machen."

George, heimlich George der Teufel, genannt, hatte seine Augen wieder geschlossen. Er redete nicht gern und wenn, dann so, dass er Aufmerksamkeit verlangte.

„Noch einmal, es ist wichtig, dass wir unsere Bildung und unser Wissen um die Dinge nicht verraten. Wir tun das, was schon unsere Eltern, Ureltern und alle vor uns Gekommenen taten. Wir füllen Rollen aus, wie es erwartet wird."

Anastasia und Cloe hingen an des Sirs Lippen. Den beschlich das Gefühl, dass die zweie nicht wenig Angst vor der Zukunft hatten. Schließlich waren beide ja Grünschnäbel, Anfänger.

Benjamin hatte gar nichts mitgekriegt. Sein unbedarftes Indierundeschauen verriet begrenzten Horizont.

Obwohl sich der Sir nicht verantwortlich fühlte, bereitete ihm der Gedanke an Benjamin schon ein wenig Sorge.

Der Auftrag war klar umrissen. In jeder Gemeinschaft gab es die unterschiedlichsten Charaktere – und wenn es losging, war jeder auf sich alleine gestellt.

Die Wände ihrer Behausung hatten sich gut angefühlt und es war keinerlei Grund für Besorgnis. Wo alle den Ausgang vermuteten, hatte sich am Morgen so etwas wie ein Licht gezeigt.

Benjamin war von den anderen rechtzeitig zurückgehalten worden, nachdem er beinahe losgestiefelt wäre. Benjamin, bestimmt ein Fall, der besondere Aufmerksamkeit forderte. Das war Sir Parsival nicht erst seit heute klar. Trotzdem liebte er den kleinen Kerl ganz besonders. Und er hoffte, dass genau in dessen scheinbarer Einfalt Benjamins größte Chance bestand.

„Ich hoffe, euch nicht allzu sehr in eurer Selbstbetrachtung zu stören. Unsere Hauptaufgabe ist es, Frieden zu fördern. Indem wir uns knuddeln und streicheln lassen, tragen wir zu einer besseren Welt bei. Einige werden den Himmel auf Erden haben und andere werden auf der Straße landen und nur hoffen können, dass ihnen ein besonders einfühlsames Wesen über den Weg läuft, sie in sein Herz schließt. Ich habe das Verhalten der Menschen studiert, dass ich behaupte, diese nackten Affen genau zu kennen."

„Schwätzer, wie lange, verdammt, willst du noch deine Räuberpistolen erzählen. Ich werde dir sagen, Sir Parsival, was ich mache. Ich werde es mir gut gehen lassen. Wenn mir einer blöd kommt, gibts Hiebe, und wenn mir die Mädels nicht ganz freiwillig ihre Muschis hinhalten, werde ich auch nicht verzweifeln. Ich weiß, was ich mir wert bin. Und die Welt wird es bald erfahren. Und nun lass mich endlich in Ruhe." George, der Teufel, hatte seinen Beinamen bestimmt zu Recht.

Der Sir machte ein betretenes Gesicht. Trotzdem George, der Teufel, gefürchtet war, erwarb er mit seinem Selbstbewusstsein die Bewunderung aller, auch die des Sirs.

„Es geht hier um alle, George. Niemand will dir was vorschreiben. Tu, was du willst. Jeder von uns ist ab der Stunde Null ein Einzelkämpfer, dem Überleben verpflichtet. Zieh streunend durch die Gärten, schmuse mit 'ner alten Jungfrau. Alles ist erlaubt. Nur hüte dich vor falschen Freunden. Die bringen es fertig, dich in einem vermoderten Sack in einen scheißkalten Fluss zu werfen. Weil sie der Meinung sind, dass es von uns sowieso schon zu viele gäbe. Genauso solltet ihr euch friedensbewegten Emanzen nicht nähern, die greifen allzu oft zum Seitenschneider."

Durch die Versammelten ging ein Gemurmel und der Sir bemerkte, dass er ein Thema angesprochen hatte, das alle, sogar George diesen Scheißkerl, ansprach.

„Also nix für ungut, Sir, verzeih, dass ich manchmal grob zu dir war. Aber das mit dem Seitenschneider ist doch wohl nicht dein Ernst. Du glaubst wirklich, dass mir jemand ans Diamantencollier will? Absolut unangebrachte Betrachtung. Wenn ich mir was vorgenommen habe, dann ordentlich an Nachwuchs zu schaffen. Einer wie ich passt in die Welt und an meine Klöten geht mir keiner! Ende der Durchsage."

Sir Parsival konnte sich des Schmunzelns nicht erwehren. George hatte nun mal so was wie Emotionen gezeigt. Er war doch nicht ganz so cool wie zu vermuten, wohl auch von ihm gewünscht.

Nun war es Cloe, sein kleiner Darling, die Einzige, die in etwa seine Zeichnung auf dem Fell zeigte. Die ebenso wie der Sir einen schwarzen Flecken um das rechte Auge hatte, während das weiße Bauchfell von einem schwarzen Rücken dominiert wurde.

„Sir Parsival, du machst mir Angst. Glaubst du wirklich an all diese bösen Sachen, die du uns nicht müde wirst, zu erzählen? Wir wollen doch nur geliebt werden. Schau dir nur Anastasia und Benjamin an, die zittern doch schon wieder. Wenn es deine Absicht war, uns Angst zu machen, hast du ganze Arbeit geleistet."

Der Sir schaute in die ängstlich aufgerissenen Augen der Genannten und ganz plötzlich brach, wie es ihm und den anderen vorkommen musste, die Hölle los.

Waren bisher die Wände handwarm, wie er sich jeden Morgen überzeugte, schien nun ein heißes Gefühl durch ihre Behausung zu ziehen und für sie schien damit eine Aufforderung verbunden zu sein.

Benjamin machte den Anfang. Wo vorher eine helle Stelle war, schien sich ein Scheunentor geöffnet zu haben. George, sonst nicht der Beweglichste, war sofort dem Kleinsten hinterhergehetzt, als wolle er dem Bruder nicht den Vortritt lassen. Er brauchte nur einige kurze Sätze und Benjamin, gefolgt von Lady Smoth, hatte das Nachsehen und musste ihn passieren lassen.

„Denkt daran, haltet die Augen zu. Und was ihr wissen müsst, ist, dass die Nippel unser erstes Ziel darstellen. Nippel sind genügend da. Es kann nicht schaden, wenn wir so tun, als wäre das Auffinden der Nahrungsquellen so etwas wie ein ernst zu nehmender Wettkampf. Unsere neuen Freunde lieben so etwas!" Der Sir, bemüht, seine Wohlerzogenheit zu demonstrieren, hatte seinen Geschwistern den Vortritt gelassen und sich zurückgehalten.

Nun konnte er sich des Eindrucks nicht erwehren, dass alles schnell zu gehen hatte. Ihre Behausung, in der jeder sein Eckchen gefunden hatte, war ihrer überdrüssig und wollte nur noch von ihrer Gegenwart befreit sein.

Der Fall war nicht hoch, der Schock umso kräftiger! Instinktiv die Augen zugepresst, konnte der Sir hell und dunkel unterscheiden. Hier war alles dunkel. Ein kurzer Blick gab ihm die Gewissheit, dass Sorge um Benjamin unberechtigt war.

George, Lady Smoth, die ängstliche Anastasia und Cloe waren nirgendwo zu sehen.

Die Stimme eines der Wesen aus der Fremdwelt war es, die für Erhellung sorgte: „Drei Weiber, drei Jungens, Leute. Zwei müssen weg. Dieser fette, gestreifte Teufel macht Ärger, glaubt mir. Mit Katzen habe ich verdammte Erfahrungen. Dann schon lieber Katerchen."

Sir Parsival wusste, dass er wieder Glück gehabt hatte, wie immer in seinen bisherigen vier Leben. Neben sich hörte er Anastasia schnurren. Es war dann eine raue Zunge, die anfing, ihn abzulecken, und ihm fiel eines seiner Lieblingszitate ein: „Bleibt ruhig, Leute, alles wird gut."

Und der Sir wusste auch, dass es ein Fehler war, zu viel zu verraten. Und schön die Augen geschlossen halten. Alles so wie immer. Und alles würde gut.

Sehr gut diesmal vermutlich.

Toni A. Rieger, *im Süden gezeugt und geboren, lebt nun der Liebe wegen im Ruhrpott. Neben dem Schreiben, Kochen und der Pflege des Gartens kommen noch Segel- und Motorflug als auch das Biken auf amerikanischem Edelmetall hinzu. Der Autor von Kurzgeschichten, meist mit aktuellem Anlass, hat Frau und Kind, Hund und Katze und schon einiges in gedruckter Form vorliegen. Das Thema Katze kam immer mal in den Storys zu Ehren!*

Der Kampf gegen Apophis

Merlin blickte sich verwirrt um. Wo war er denn jetzt gelandet? Gerade hatte er sich zum Schlafen hingelegt und jetzt war er hier. Beunruhigt schnupperte er. Das war der seltsamste Ort, den er jemals in seinem Leben gesehen hatte. Da erblickte er seinen Kumpel Tiger. Gut, dass der auch hier war. Dann war er wenigstens nicht alleine.

Tiger kam geduckt und mit gesträubtem Schwanz auf ihn zu. „Weiß du, was geschehen ist? Gerade waren wir noch daheim und jetzt sind wir hier", meinte er furchtsam.

Plötzlich raschelte es. „Fürchtet euch nicht. Wir haben euch auf Geheiß Bastes hierhergebracht. Das ist die Duat, das Land der Toten", erklärte da eine fremde Stimme.

Tiger wandte sich um. Da waren drei Katzenweibchen. Sie nährten sich den Weibchen und schnupperten an ihnen. Jetzt erkannte Merlin sie. Das waren Nadine, Sissi und Bärle, jene Katzen, die ihre Menschen früher mal gehabt hatten. Nun roch er auch einen anderen Kater. Dies war doch ein Menschenreich. Aufgeregt legte er seine Ohren zurück und knurrte.

„Immer mit der Ruhe. Das ist nur Mafet, der Kater, Wächter über das Totenreich", beruhigte Sissi die beiden Kater.

Schon erblickten sie den Kater, der auf sie zugelaufen kam. „Willkommen in meinem Reich. Wie ich sehe, hat man euch schon erklärt, wer ich bin. Ich bin keine Konkurrenz. Meine Aufgabe ist der Tod", erklärte er den beiden verdutzten Neuankömmlingen trocken.

Merlin schnupperte verwirrt an dem fremden Kater. So ganz war er nicht sicher, ob er Mafet wirklich trauen sollte, andererseits hatte er recht. Das war dessen Revier. Er konnte es überall riechen. Ein Fluss durchzog das Land. Eine Barke legte an.

„Ah, jetzt dürften wir komplett sein", verkündete Mafet zufrieden.

Eine große Löwin sprang laut brüllend von Bord. Erschrocken flohen Merlin und Tiger zu Mafet. Sissi, Nadine und Bärle hingegen blieben ganz ruhig.

„Keine Sorge", beruhigte Sissi die erschrockenen Kater.

Stolz näherte sich die Löwin den beiden Katern. „Ich bin Sachmet, die Herrin des Zitterns und Göttin des Krieges", stellte sie sich vor.

Die beiden Kater schnupperten an ihrer neuen Gefährtin. Was wollten die alle nur von ihnen?

„Ihr seid auserwählt, mit uns gegen Apophis, den Alleszerstörer, zu kämpfen. Wir müssen ihn vernichten oder die Welt wird untergehen. Das können wir nur gemeinsam bewältigen", beschwor die Kriegsgöttin die Kater, als sie deren Furcht spürte.

„Wir stehen auf der gleichen Seite." Merlin kratzte sich hinter dem Ohr. Hoffentlich ging das gut.

„Warum gerade wir und warum jetzt?", fragte Tiger ängstlich.

„Bastet hat euch ihr Reich nicht umsonst gezeigt. Ihr seid auserwählt, die Welt zu retten", erklärte Mafet.

„Was tun wir also, Herr?", meldete sich Sissi zu Wort.

Mafet blinzelte der Fragestellerin zu. „Damit Apophis die Welt vernichten kann, muss er erst die Menschen töten. Ich schlage vor, dass ich die Duat versiegele, damit keiner mehr stirbt. Wenn wir noch die Barke verstecken, dürften wir auf der sicheren Seite sein."

Die Barke brachte die Toten zum Totengericht und dann in die Gefilde des Jenseits.

„Ich schließe nun das Totenreich. Zu lange darf dieser Zustand natürlich nicht andauern. Das Leben und Sterben muss immer gewährleistet sein, nicht dass die Toten die Erde übernehmen", erklärte Mafet bestimmt. Er hob sein Anch und schloss die Augen. Da glühte es hell auf. „Jetzt müssen wir uns beeilen", drängte der Katergott energisch. „Merlin und Tiger, ihr müsst mir helfen, die Barke zu verstecken, damit Apophis sie nicht findet", bestimmte Mafet.

Gemeinsam eilten die Kater zu dem Boot und schoben es in den dicht bewachsenen Uferwald. Ob das wohl reichte?

„Und jetzt?", wollte Tiger wissen. Was mochte ihnen jetzt wohl drohen?

„Wir treten Apophis entgegen. Vielleicht gelingt es uns gemeinsam, ihn zu vernichten. Wir begeben uns in die Domäne der Götter, zwischen die einzelnen Reiche. Dort können wir Apophis schlagen", bestimmte Sachmet energisch.

„Hältst du das für klug? Unsere Macht ist dort begrenzt", erklang plötzlich eine Stimme.

Die Kater wandten sich um. Nun gesellte sich Bastet zu der Runde. „Wir sind nicht alleine", erwiderte die Kriegsgöttin bestimmt.

Tiger war allerdings gar nicht einverstanden. „Ist das nicht gefährlich? Ich will nicht sterben", protestierte er.

Doch Sachmet wiegelte ab. „Wir schützen euch", versprach sie.

Hoffentlich hatte die Göttin des Krieges recht.

„Auf in die Zwischenwelt!", rief Sachmet und hob ihr Anch. Schon erstrahlte die Welt um sie herum und alles verschwand.

Ängstlich schnupperte Tiger. Auch Merlin schien nicht gerade begeistert zu sein. Mit großen Augen blickte er umher und miaute einmal kläglich. Auch Sissi, Bärle und Nadine waren hier. Sissi fauchte ungehalten und Bärle und Nadine versteckten sich hinter Sachmet.

„Seid stark, meine Kinder", gemahnte Sachmet.

„Wo sind wir?", wollte Merlin wissen.

„In der Domäne der Götter. Hier werden wir auf Apophis treffen. Er wird versuchen, die Erde zu erreichen", erklärte Mafet erregt.

Kaum hatte er ausgesprochen, als er ein lautes Zischen hörte. Entsetzt wandten sich die Katzen um. Im selben Moment schoss ein gewaltiger Schlangenkopf aus dem Dunkel und traf Sissi. Die Kätzin miaute qualvoll auf. Wütend stürzten sich die anderen Katzen auf den gewaltigen Schlangenleib. Als Tiger zornig in den Schlangenhals biss, versuchte Apophis, den Kater abzuschütteln. Doch da bissen

und krallten Nadine, Bärle und Merlin in die Schlange. Sachmet ließ ihr gewaltiges Brüllen ertönen und die Domäne der Götter erbebte unter ihrem Zorn. Mit einem enormen Sprung warf sie sich Apophis an den Hals und ihre gewaltigen Fänge bohrten sich in sein Fleisch. Apophis zischelte entsetzt auf. Blut lief aus allen Wunden und seine Bewegungen wurden schwächer.

„Für dieses Mal habt ihr mich besiegt, aber ich komme wieder", zischte er gehässig. Dann starb er und sein Leib löste sich auf.

Erschöpft ließen sich die Katzen und auch die Götter in der Zwischenwelt nieder.

„Ich fürchte, er hat recht. Niemand kann Apophis je bezwingen", murmelte Sachmet.

„Aber was sollen wir denn dann machen?", wollte Merlin hoffnungslos wissen.

Doch Sissi wollte nicht resignieren. „Was wir immer tun. Mit all unserer Kraft um unser Leben und unsere Existenz kämpfen, egal ob in Bubastis oder auf der Erde", erwiderte sie entschieden.

Merlin hatte genug. „Herrin, bitte bringt uns wieder nach Hause. Wir sind erschöpft und brauchen Ruhe", bat er bestimmt.

Bastet nickte. „Ihr habt tapfer gekämpft", erklärte sie.

Die Kater verabschiedeten sich von Sissi, Bärle und Nadine. Bastet ließ ihr Anch erstrahlen.

Merlin schrak auf. Was war geschehen? Tiger und er hatten gemeinsam mit Sissi, Bärle und Nadine gegen Apophis gekämpft. Mithilfe der Katzengötter hatten sie gesiegt. War alles nur ein Traum gewesen?

Er schnupperte. Sie waren wieder zu Hause. Er sprang vom Katzenbaum und lief zu Tiger. Dieser blickte ihn verschlafen an.

„Ich hatte einen seltsamen Traum", begann Merlin.

Doch Tiger gähnte nur. „Du meinst unseren Kampf mit Apophis? Den Traum hatte ich auch. Vielleicht sind wir ja wirklich von der Göttin auserwählt. Immerhin haben wir die Welt gerettet", stellte er trocken fest.

„Schade, dass Menschen nicht richtig sprechen können. Sie könnten uns bestimmt einiges über unsere Vorgänger erzählen", meinte Merlin etwas traurig.

Was hätten die Menschen wohl gesagt, wenn sie ihnen erzählen würden, was sie alles erlebt hatten? Bestimmt kamen sie bald wieder. Darauf freute sich Merlin schon jetzt. Hoffentlich konnte er noch lange bei ihnen leben.

Florian Geiger, *wohnhaft in Lörrach, geboren am 10. Februar 1982 in Heidelberg, schreibt seit seiner Kindheit gerne Geschichten, besonders aus den Bereichen Science-Fiction und Fantasy. Bisher konnte er Kurzgeschichten in verschiedenen Verlagen veröffentlichen. Website: https://floriantobiasgeiger.jimdofree.com, Friendica im Fediversum: https://opensocial.at/profile/anarcheron.*

Das Märchen von Freundschaft und Katern

Der Ofen war aus und würde es bleiben. Morgana hatte sich davor zusammengerollt und spürte, wie er immer weniger Wärme abgab. Die Hexe war verbrannt. Morgana war frei. Endlich! Die schwarze Magie, mit der die Hexe sie an das Lebkuchenhaus gebunden hatte, zog sich aus ihrem Körper zurück. Morgana streckte sich ausgiebig und machte einen Buckel.

Die letzten Worte der Hexe kamen ihr in den Sinn: „Verflucht sei der Kater!"

„François! Ich muss François wiederfinden", dachte sie. „Ich muss wissen, ob es ihm gut geht. Wir wollten eine Familie gründen. Was hat er in all dieser Zeit gemacht, während ich bei der Hexe gewesen bin?" Mit verengten Augen sah sie sich um. Der Märchenwald um das Haus herum war dunkel und warf bedrohliche Schatten auf die Lichtung. Morgana war sich sicher, den Weg zurückzufinden. Zurück zu François und der Müllersfamilie.

So würde sie nicht vorankommen! Morgana wusste nicht, seit wie vielen Stunden sie in diesem Netz baumelte. Vor Müdigkeit und Sorge um François hatte sie nicht mehr auf ihre Umgebung geachtet und war in die Falle getreten. Wie hatte sie nur so unvorsichtig sein können! Ein leises Rascheln ließ sie aufhorchen. Ihre Schnurrhaare stellten sich auf. Da unten, da bewegte sich etwas! Nun kam es den Baum hinaufgeklettert. Morgana drehte sich in dem Netz, so gut es ging, um besser sehen zu können. Auf dem Ast über ihr erkannte sie eine Maus. Nur eine Maus, aber besser als gar nichts.

„Bitte hilf mir!", maunzte Morgana.

„Nur wenn du mir versprichst, mich nicht zu fressen", fiepte die Maus.

„Einverstanden!"

„Schwöre es!"

Morgana seufzte. Sie hatte keine Wahl. Ein Leckerbissen weniger.

„Ich schwöre beim Schnurrbart meiner Großmutter, dass ich dir nichts tun werde."

Der Maus schien das zu genügen, sie begann am Seil, das Morganas Falle am Ast hielt, zu nagen. Das Netz gab nach und Morgana fiel. Sie wäre keine echte Katze, wenn sie nicht nach einer eleganten Drehung in der Luft auf allen vieren auf dem Waldboden gelandet wäre. „Du hättest mich vorwarnen können!", schimpfte sie.

„Reg dich nicht auf, es ist doch alles gut gegangen."

„Es hätte alles Mögliche passieren können."

Ihr Retter hatte sich als Theo vorgestellt. Morgana war sich sicher, noch nie einen hässlicheren Mäuserich gesehen zu haben. Theo war mager, das Fell schmutziggrau, sein Schwanz hatte einen Knick und dem linken Ohr fehlte ein Stück. Aber es war unterhaltsam, mit ihm zu reisen. Er kannte den Märchenwald in- und auswendig und wusste, wo die Mühle stand, in der Morgana mit François und der Müllersfamilie gelebt hatte.

„Ab hier musst du alleine weiterziehen", sagte Theo bestimmt und blieb stehen.

Der Bach rauschte und das Wasser glitzerte in der Sonne. Auf der anderen Seite sah Morgana die Türme einer Burg über dem Wald aufragen. Kopfschüttelnd drehte sie sich um. „Warum?"

„Ichkannnichtschwimmen." Mehr als ein hastiges Flüstern kam nicht vom Mäuserich.

Die Katze spitzte die Ohren. „Was hast du gesagt?"

„Ich kann nicht schwimmen, okay?"

„Ich auch nicht. Na und?", entgegnete Morgana lächelnd. „Vertraust du mir?"

Theo sah sie mit großen Augen an. Sein dünner Körper zitterte. „Eigentlich nicht", antwortete er zögernd.

„Macht nichts!" Morgana biss ins Fell im Nacken des Mäuserichs und sprang mit ihm von Stein zu Stein zum anderen Ufer des Baches.

Theo fiepte und strampelte, bis die Katze ihn vorsichtig im Gras absetzte. „Du hättest mich vorwarnen können!", schimpfte er.

„Reg dich nicht auf, es ist doch alles gut gegangen."

„Es hätte aber alles Mögliche passieren können."

Sie schauten sich an und lachten.

Ein oranger Blitz schoss aus dem Gebüsch an Morgana vorbei und stürzte sich auf Theo. Was passierte hier? Die Katze überlegte nicht lange und sprang auf das orange Knäuel, um es vom Mäuserich zu trennen. Mit der Pfote schob sie Theo unter ihren Bauch, buckelte und fauchte den Angreifer an. Ihr Fell stellte sich auf und ihr Schwanz peitschte unruhig hin und her. Mit verengten Augen blickte sie ihren Gegner an.

Dieser rappelte sich vom Boden auf und schüttelte sich. „Morgana?“

Sie hatte das Gefühl, als ob sich sämtliche verschluckten Haare in ihrem Magen zu einem Ball verknoteten. Ihr Schwanz stellte sich steil auf, als sie ihr Gegenüber erkannte. „François?“

Der große orangerote Kater kam näher. „Du bist es wirklich. Wie lange ist es her, dass wir uns gesehen haben? Wie ist es dir ergangen?“, fragte er.

Morgana fauchte angefressen. „Wie soll es mir schon ergangen sein? Die böse Hexe hat mich in ihr Lebkuchenhaus verschleppt und mich nicht gehen lassen. Wo warst du? Ich dachte, du rettest mich.“

François begann zu schnurren. „Das wollte ich auch, ma chérie. Aber dann hatte der Müllerssohn meine Hilfe benötigt. Ich habe einen großen Zauberer besiegt, der Müllerssohn hat des Königs Tochter geheiratet, ist nun selbst König und ich bin sein erster Minister. Bisher hatte ich überhaupt keine Zeit, mich um deine Hexe zu kümmern.“

Morgana war verwirrt. Die vielen Monate, die sie unter dem Fluch der Hexe gelebt hatte, hatte sie nur an François gedacht. Und er hatte so viel zu tun gehabt. Wie gerne wäre sie dabei gewesen!

Der Kater machte einen weiteren Schritt auf sie zu. „Ma chérie, es ist so schön, dass du wieder da bist. Ich mache dir einen Vorschlag. Wir teilen uns den kleinen Happen, den du mitgebracht hast, und dann suchen wir uns zusammen ein sonniges Plätzchen.“

Nein! Sofort spannte sich Morganas Körper an und ihr Schwanz zuckte unruhig. „Pfoten weg!“, fauchte sie. „Theo ist mein Freund. Hier wird nichts geteilt.“

Ein hohes Maunzen lenkte Morganas Aufmerksamkeit weg von dem orangeroten Kater zu einem Neuankömmling. Ungläubig blickte sie auf die cremefarbene, schlanke, aber sehr trächtige Katze, mit extrem langen Beinen und stahlblauen Augen, die ihr schwarzes Gesicht an François' Kopf rieb. „François, Liebling, hier bist du! Ich habe deine Stiefel fertig geputzt. Kommst du zum Essen?“

Morgana konnte es nicht fassen. Er hatte sie einfach vergessen. Sich nicht um ihr Schicksal geschert. Sein Leben weitergelebt. Sie durch eine andere Katze ersetzt. Sie musste würgen. Sämtliche Fellknäuel in ihrem Magen wollten sich auf einmal den Weg nach oben bahnen. Sie konnte es nicht länger zurückhalten und spuckte einen undefinierbaren Wust aus Speichel, Haaren und Essensresten François und seiner langbeinigen Katze vor die Pfoten. Das tat gut!

Morgana spürte, wie Theo ihr mitfühlend über das Kinn strich. Mit dem letzten Rest ihrer Würde richtete sie sich auf. „Wir sind hier fertig. Theo, wir gehen!"

In einer kleinen Höhle rollte sich Morgana mit dem Mäuserich zwischen ihren Pfoten zusammen und leckte ihm über den kleinen Kopf. Theo schien es zu gefallen und es beruhigte sie. Sie schnurrte zufrieden. Er war mehr als ein richtig guter Freund für sie.

Theo erwachte, reckte sich und blickte auf die schlafende Morgana. Dann sah er an sich herunter. Sein Schwanz hatte nach wie vor einen Knick, auch seinem linken Ohr fehlte immer noch ein Stück. Das konnte er fühlen. Aber der Fluch war gebrochen. Morgana hatte Theo unbewusst mit ihrer Freundschaft erlöst. Der mausgraue Kater fuhr probehalber seine Krallen aus. Er würde versuchen, ein oder zwei Mäuse fürs Frühstück zu erbeuten, und dann ...

„Du hättest mich vorwarnen können!" Morgana blinzelte ihn aus halb geschlossenen Augen an.

„Ist doch alles gut gegangen", erwiderte er.

„Es hätte aber ..."

„... ein ganz anderes Märchenende werden können?"

Sie schauten sich an und lachten.

__Mirja Seim,__ geboren 1981 in Bremerhaven, ist Fremdsprachenkorrespondentin und lebt mit ihrem Mann und ihrem Sohn in Friesland. Sie schreibt gerne humorvolle Kurzgeschichten und freut sich, dass ihr Lieblingstier Thema dieser Anthologie ist.

Katzen-Miniaturen

im Park –
der Alte spielt Schach
mit einer Katze

Schneefall –
die Katze läuft
auf Zehenspitzen

in der Herbstsonne
wohlig einrollen –
Katzenglück

von der Katze
unbeachtet –
der Zebrastreifen

Karlo der Kater
und Familie Maus
teilen sich den Garten

Abenddämmerung –
eine Maus auf der Flucht –
vor Katzenaugen

__Eva Joan:__ geboren 1960 in Augsburg, lebt in Gronau an der Leine. Seit 2001 gab es zahlreiche Veröffentlichungen in Anthologie, Zeitschriften, auf Haiku-Internetseiten und sieben Publikationen im Selbstverlag. Ihre Hobbys sind Lesen, Schreiben, Musik hören, Yoga und Stricken.

Trinaliese

Es war ein ruhiger Morgen, als Trinaliese plötzlich bemerkte, dass ihr Lieblingsspielzeug, eine kleine, federbesetzte Maus, verschwunden war. Das konnte nicht sein! Schließlich war es das einzig anständige Spielzeug in diesem Haus. Genau diese Maus spiegelte ihren exquisiten Geschmack und ihren unübertroffenen Sinn für Stil wider. Sie schnippte missmutig mit dem Schwanz und begann ihre Suche.

„Unfassbar!", murmelte sie, während sie ihr luxuriöses Schlafkörbchen durchwühlte. „Dieses Haus ist ohnehin kaum standesgemäß. Und jetzt verschwindet auch noch mein wertvollster Besitz." Sie streckte sich mit anmutiger Eleganz, bevor sie unter das Sofa spähte.

Kein Zeichen der Maus. Trinaliese inspizierte die Ecken des Wohnzimmers mit scharfen, kritischen Blicken. Jeder Winkel, jeder Spalt wurde mit der Gründlichkeit einer königlichen Inspektion durchsucht, doch die Maus war nirgends zu finden.

„Das geht zu weit", fauchte Trinaliese und hob hoheitsvoll ihr Kinn. „Eine Katastrophe von solchem Ausmaß verlangt nach einem brillanten Verstand. Und wer könnte das besser bewältigen als ich?"

Mit einem eleganten Strecken erhob sie sich. Sie war bereit, ihren Detektivhut aufzusetzen. Stopp! Nur metaphorisch natürlich. Trinaliese würde niemals tatsächlich etwas so Unmodisches wie einen Hut tragen.

Ihre erste Anlaufstelle war der alte Goldfisch Harry, der träge in seinem Aquarium schwamm. „Harry!", miaute Trinaliese mit einer Mischung aus Charme und unverhohlener Überlegenheit. „Hast du irgendetwas Ungewöhnliches bemerkt?"

Goldi blubberte etwas Unverständliches und schwamm im Kreis. Trinaliese schnaubte verächtlich.

„Natürlich nicht. Fische sind zu nichts nütze." Sie warf einen letzten, mitleidigen Blick auf den bedauernswerten Harry, bevor sie sich abwandte. „Es ist kaum zu glauben, dass ich auf solche Kreaturen angewiesen bin."

Sie setzte ihre Ermittlungen fort. Und stieß schließlich auf Bruno. Der Hund der Familie, der immer faul im Flur lag. Außer es gab etwas zwischen die Kiemen.

„Bruno, hast du meine Spielzeugmaus gesehen?", fragte sie mit einem Tonfall, der klar machte, dass sie keine allzu großen Erwartungen hatte.

Bruno hob den Kopf, seine Ohren spitzten sich. „Nein, Trinaliese. Aber ich habe heute Nacht etwas gehört. Es klang, als ob jemand durchs Katzenfenster kam."

„Interessant", murmelte Trinaliese und ihre Augen blitzten vor Aufregung, „Du bist vielleicht nicht so nutzlos, wie du aussiehst."

Mit einer Mischung aus Geringschätzung und Neugier setzte sie ihre Ermittlungen im Garten fort. Jeder Strauch wurde untersucht. Jede Ecke, bis sie schließlich winzige Kratzspuren am Zaun entdeckte. „Was haben wir denn hier?", flüsterte sie mit einem selbstzufriedenen Lächeln. „Es scheint, als hätte jemand versucht, sich durch den Zaun zu zwängen."

„Einen Moment mal", sagte eine Stimme hinter ihr.

Trinaliese wirbelte herum und sah einen Waschbären, der sie keck anblickte. „Du suchst nach dieser Maus, oder?" Er hob eine Augenbraue und hielt IHRE Maus hoch.

„Und was weißt du darüber?" Trinalieses Stimme war kalt und schneidend, als sie den Eindringling musterte.

Der Waschbär grinste: „Ich habe sie gefunden. Ich dachte, sie könnte mein Abendessen ergänzen."

„Unmöglich!", fauchte Trinaliese mit erhobenem Haupt, „Diese Maus gehört mir! Gib sie sofort zurück, du schäbiger Dieb!"

Der Waschbär kicherte. „Nun, du könntest versuchen, sie mir abzunehmen."

Mit erhobenem Haupt und blitzenden Augen sprang Trinaliese auf den Waschbären zu. Es war ein kurzer, aber intensiver Kampf. Der Waschbär unterschätzte Trinalieses Geschicklichkeit und Geschwindigkeit. Mit einem eleganten Sprung entriss sie ihm die Spielzeugmaus und hielt sie triumphierend in ihren Pfoten.

„Das sollte dir eine Lehre sein", sagte Trinaliese hochnäsig. „Man stiehlt nicht von einer Lady."

Der Waschbär, nun etwas zerzaust und besiegt, trottete davon. Trinaliese kehrte mit ihrer Maus ins Haus zurück, ihr Stolz noch größer als zuvor. Als sie durch die Tür trat, wurde sie von ihrer Familie mit offenen Armen empfangen.

„Trinaliese, du hast es geschafft!“, riefen alle aus. „Du hast deine Maus gefunden!“

Mit einem zufriedenen Schnurren legte sie sich in ihr Körbchen und spielte sanft mit der Maus. „Natürlich habe ich das“, dachte sie, „schließlich bin ich nicht irgendeine Katze. Ich bin Trinaliese, die beste von allen.“

Und so kehrte der Frieden ins Haus zurück. Trinaliese genoss die bewundernden Blicke ihrer Familie – sicher in dem Wissen, dass sie sich ihren Platz als die schlauste und mutigste Katze im gesamten Viertel mehr als verdient hatte.

Simone Lamolla, *geboren 1979, ist eine leidenschaftliche Hobby-Schriftstellerin, die Abenteuer und ein Hauch von Magie in ihren Geschichten vereint. Wenn sie nicht schreibt, wandert sie gerne an der Ostsee, fotografiert oder probiert sich als Kleingärtnerin aus. Einige ihrer Kurzgeschichten wurden bereits in Anthologien bei verschiedenen Verlagen veröffentlicht. Sie lädt ihre Leserschaft ein, ihre Werke zu entdecken und sich von ihrer Kreativität verzaubern zu lassen. Ihr könnt sie auf Instagram unter @la_mone_hansedeern erreichen.*

Die Katze mit dem blauen Fleck

Oh Schreck!
Was ist? Was ist?
Hast du es nicht entdeckt?
Die Katze hat 'nen blauen Fleck!
Die Katze hat 'nen blauen Fleck?
Ja, schau hin!
Oh Schreck! Verrückt!
Ich seh's! Ich seh's!
Ganz deutlich prangt er auf der Brust
und wie gern hätt' ich gewusst,
wie kam sie zu dem blauen Fleck?
Hat sie wohl etwas ausgeheckt?
Lass uns schaun', ob wir's erraten,
und beginnen hier im Garten,
ob es Spuren gibt zu finden,
um das Rätsel zu ergründen.
Hm, ich kann hier gar nichts sehen,
lass uns etwas weitergehen.
Dort!
Was ist? Was ist?
Schau auf die Fliesen!
Auf die Fliesen?
Ja, schau hin!
Oh Schreck! Verrückt!
Ich seh's! Ich seh's!
Ja, ganz deutlich ist die Spur,
aufgereiht wie eine Schnur,
blaue Tapsen kleiner Pfoten,
vielleicht löst des Rätsels Knoten?
Lass uns schaun' und ihnen folgen,
durch die Küche in den Flur,

wohin führt die Fährte nur?
Weißt du was? Ich ahn' das Übel!
Schau, dort biegt sie um die Eck',
direkt in Papas Schreibversteck.
Oh du lieber großer Schreck!
Was ist? Was ist?
Schau selbst hinein!
Dort findest du des Rätsels Reim.
Oh Schreck! Oh weh!
Ich seh! Ich seh,
den großen blauen Tintensee!
Und oben auf,
– ich krieg' zu viel! –,
schwimmt einsam Papas Federkiel!
Oh Schreck! Oh weh!
Das war doch Papas Lieblingsding.
Schön war er ja.
Jetzt ist er hin!

Rätst du denn schon was hier geschehn'?
Denk etwas nach und grübele kurz,
bist du dann rufst:
Ich weiß! Ich weiß!
Des Rätsels Lösung folgt hier gleich.

Na, und? Hast du es ausgeheckt?
Wie kam der blaue Fleck auf der Katze Brust?
Hast du es richtig gewusst?
Lass uns seh'n:

Scheint auch die Katze mochte ihn,
Papas schönen Gänsefederkiel,
sah auch darin ein Lieblingsding.
Schnell war die Feder aus dem Fässchen gezogen,
stolz im Mäulchen gehalten,
den Schwanz hoch erhoben.
Sich dann genüsslich auf dem Schreibtisch in der Sonne gewälzt,
so wie es jeder Katze gefällt.

Oh ja, die Katze spielte mit viel Genuss
– und so also kam der Fleck auf ihre Brust!
Und mitten im wilden, lustigen Spiel:
das Fässchen kippt,
die Tinte floss.
Oh Schreck! Miau!
Die Katz' vom Tisch herabgesprungen,
auf leisen Pfoten still und heimlich fortgetappt.
Die Feder schwebt vergessen zum Boden herab
und landet auf dem blauen Teich.
Das war ein schöner Katzenstreich!

Adina Heinemann, *Jahrgang 1980, wurde in Nordrhein Westfalen geboren, lebt aber seit ihrer Kindheit in Nordhessen. Ende 2019 konnte die gelernte Industriekauffrau und Schottlandfan erfolgreich ihre erste Kurzgeschichte im Rahmen einer Anthologie veröffentlichen. Seitdem haben mehrere ihrer mal kurzen, mal längeren und in verschiedenen Genres geschriebenen Geschichten den Weg auf die bedruckten Seiten zwischen zwei Deckeln gefunden.*

Herr Simon trinkt Kaffee

Lucas und Leonie hatten sich lange Zeit nicht einigen können, wie ihre neue Katze heißen soll. Erst hatte Leonie vorgeschlagen, sie solle *Flauschi* heißen. Da hatte Lucas aber gemeint, *Flauschi* könne man höchstens einen Staubwedel nennen, aber doch keine Katze. Er meinte *Sausewind* sei angebrachter, denn die Katze war flink wie der Wind. Aber dazu verweigerte Leonie ihre Zustimmung.

„Wie wär's", meinte Lucas nach langem Überlegen, „wie wär's mit *Herr Simon*?"

„Wie kommst du denn auf einen solchen Namen?", fragte Leonie.

„Also ich find den schön. Neulich kam in einer Geschichte der Name vor. Der hat mir gefallen."

„Na gut", gab Leonie nach, „nennen wir ihn eben *Herr Simon.*"

Mama und Papa waren genauso überrascht wie Leonie. Aber da es die Katze der Kinder war, stimmten sie zu.

Herrn Simon ging es in der Familie bei Leonie und Lucas wirklich gut. Jeden Tag gab es frisches leckeres Futter. Im Winter war es in der Stube schön warm und im Sommer konnte Herr Simon im Garten umherstrolchen. Wenn Leonie und Lucas ganz viel Zeit hatten, gingen sie mit Herrn Simon auch auf die Straße. Dabei legten sie Herrn Simon vorsichtshalber ein Halsband um – so ähnlich wie bei einem Hund. Wenn Herr Simon erst mal allein losrannte, konnten Leonie und Lucas gar nicht so schnell hinterherrennen. Und auf Bäume klettern, das war für die beiden auch zu schwer. Oder die Katze kletterte auf einen Busch und Leonie und Lucas waren zu schwer, um hinterherzuklettern. Und wer wusste schon, ob Herr Simon wieder freiwillig herunterklettern würde, wenn sie ihn riefen. Draußen auf der Straße also nur mit Leine.

Gestern war das Wetter so schön, dass die Familie schon auf der Terrasse frühstücken konnte. Papa hatte beim Bäcker frische Brötchen geholt, während Mama den Kaffee gekocht hatte. Lucas und Leonie halfen beim Tischdecken. Papa freute sich nicht nur auf die

Brötchen und den Kaffee, sondern er hatte sich auch eine dicke Sonntagszeitung mitgebracht. Für Mama fand er im Zeitungsladen ein Heft mit leckeren Rezepten zum Nachkochen und für die Kinder gab es auch je eine Illustrierte. Herr Simon sollte auch merken, dass Sonntag war. Er bekam eine leckere Portion Futter und eine Schale frischer Milch. Na, der schleckte!

Leonie und Lucas waren als Erste fertig mit dem Brötchenessen und vertieften sich in ihre Hefte. Dann schauten auch Mama und Papa in die neuen Zeitungen und Zeitschriften. Keiner bemerkte, dass sich Herr Simon schleichend bis zur Gartentür bewegt hatte. Dort sprang er mit einem kräftigen Satz auf den Zaun und auf der anderen Seite wieder herunter. Dann machte er sich die Straße entlang auf den Weg. An der nächsten Straßenkreuzung bog er nach rechts ab und verschwand.

Als die Familie etwa eine halbe Stunde gelesen hatte, legten alle ihre Hefte zur Seite und beschlossen, heute zu Tante Elsbeth zu fahren. Die würde sich bestimmt über den Besuch freuen.

Alles wurde wieder ins Haus geräumt. Leonie und Lucas liefen im Garten umher. Sie wollten Herrn Simon einfangen und ins Haus bringen. Wenn sie mit dem Auto für längere Zeit fortfuhren, musste Herr Simon immer ins Haus. Sie liefen in alle Ecken des Gartens und suchten. Kein Herr Simon zu sehen. Dann suchten sie im Haus, denn es könnte ja sein, dass Herr Simon unbemerkt ins Haus gelaufen war. Aber auch dort: nichts. Nicht im Wohnzimmer, nicht im Kinderzimmer und auch kein Herr Simon in seinem Körbchen.

„Mama, Papa, Herr Simon ist weg“, riefen die Kinder, als sie wieder bei ihren Eltern ankamen.

„Na, das ist ja heiter“, antwortete Papa. „Gerade heute, wo wir zu Tante Elsbeth fahren wollen und nicht mehr viel Zeit haben. Das passt ja!“ Er fragte die Kinder, ob sie denn auch wirklich überall gesucht hätten. Bei jeder einzelnen Möglichkeit, die Papa nannte, sagten Leonie und Lucas, dass sie dort auch schon gesucht hätten, aber keine Katze zu finden war.

„Dann ist eure Katze wohl auf Nimmerwiedersehen verschwunden. Die wird sich ein anderes zu Hause gesucht haben.“

Leonie und Lucas waren sehr traurig, wollten aber ihre Hoffnung auf eine Rückkehr von Herrn Simon nicht aufgeben.

„Ich habe einen Vorschlag“, sagte Lucas. „Wir laufen unsere Straße lang und gucken, ob Herr Simon irgendwo auf einem Baum sitzt oder ob er sich in einem anderen Vorgarten versteckt hat."

„Oder vielleicht irrt er irgendwo herum und findet nicht mehr nach Hause", meinte Leonie.

„Gut, aber passt schön auf", sagte Mama und schickte die beiden Kinder los.

Sie schauten wirklich überall hin. Sie versuchten, in jedem Vorgarten hinter jeden Busch zu gucken, soweit es ihnen von der Straße her über den Zaun möglich war. Nichts. Dann liefen sie den gleichen Weg noch einmal und riefen immer: „Herr Simon, Herr Simon!" Aber, keine Katze, kein Herr Simon ließ sich blicken.

Als sie am untersten Ende der Straße ankamen, öffnete plötzlich eine Frau ihre Haustür und sagte den Kindern: „Herr Simon ist bei mir und trinkt gerade Kaffee."

Die Kinder schauten sich zwar erfreut, dass sie Herrn Simon gefunden hatten, aber doch etwas ungläubig an. Herr Simon trank Kaffee?

„Wir kommen gleich wieder", riefen sie der Frau zu, die auch gleich ihre Haustüre schloss, und liefen nach Hause. Noch vollkommen außer Atem, weil sie so gerannt waren, erklärten sie den Eltern, dass sie Herrn Simon wohl gefunden hätten, dass er aber Kaffee trinke.

„Da stimmt was nicht", meinte Papa und schlug vor, dass er mitkommen würde.

Jetzt machten sich die drei auf den Weg zu der Frau im Haus am Ende der Straße. Papa klingelte und die Frau öffnete die Tür.

„Ich habe von meinen Kindern gehört, dass Herr Simon bei Ihnen ist und Kaffee trinkt. Können wir bitte mal reinkommen?", fragte er. Die Frau stimmte zu und die drei traten ins Wohnzimmer. Dort saß ein älterer Herr mit einer Tasse Kaffe. Er erhob sich aus dem Sessel und stellte sich als Herr Simon vor.

„Ja, das ist Herr Simon", bestätigte die Frau. „Was wollt ihr denn von ihm?"

„Von ihm wollen wir gar nichts. Diesen Herrn Simon kennen wir nicht. Wir suchen unsere Katze, die heißt auch Herr Simon", erklärte Lucas.

„Eine Katze ist nicht hier, tut mir leid", meinte die Frau, begleitete die drei wieder an die Tür und verabschiedete sich.

„Es wäre zu schön gewesen", jammerte Leonie, als sie sich auf den Heimweg machten.

Zu Hause angekommen, war mit Leonie und Lucas den ganzen Sonntag nichts, aber auch überhaupt nichts anzufangen. Sie hatten keine Lust zu spielen oder Musik zu hören. Selbst Mama und Papa hatten keine Lust mehr, zu Tante Elsbeth zu fahren, und ließen es sein.

Nach dem Abendbrot wollte Papa im Garten noch die Blumen gießen. Er ging in den Schuppen und holte den Schlauch heraus. Dann schloss er ihn am Wasserhahn an und drehte den Wasserhahn auf. Er bewässerte erst die Tulpen und dann die Büsche. Als er den hintersten Busch am Zaun mit dem Wasserstrahl traf, flitzte plötzlich etwas hervor. Tatsächlich, Herr Simon hatte sich unter dem Busch versteckt.

Er kam mit seinem nun nassen Fell hervorgesprungen wie ein wildes Tier. Dann trottete er zur Terrasse, lief langsam weiter zur Terrassentür, wobei er sich immer wieder umschaute, ob nicht noch einmal ein Wasserstrahl auf ihn gerichtet wurde. Kurz vor der Tür schüttelte er sich, um das Wasser aus seinem Fell zu bekommen. Anschließend hüpfte ins Haus und machte es sich in seinem Körbchen bequem. Herr Simon war wieder da!

Die Kinder – und auch Mama und Papa – freuten sich riesig. Sie drückten alle ihren Herrn Simon und stellten ihm als Belohnung für seine freiwillige Rückkehr noch ein schönes Abendbrot hin, das er auch sofort gierig verputzte. Warum er sich dort versteckte und nicht auf das Rufen reagiert hatte, das weiß allerdings nur Herr Simon.

Charlie Hagist *wurde 1947 in Berlin-Steglitz geboren. Nach Grund- und Oberschule absolvierte er eine Ausbildung zum Bankkaufmann. Während seiner Tätigkeit in der Personalabteilung des Hauses bildete er sich zusätzlich zum Personalfachkaufmann (IHK) weiter. Ehrenamtlich war er als Richter am Amtsgericht Berlin-Tiergarten, am Sozialgericht Berlin und danach am Landessozialgericht Berlin tätig. Charlie Hagist ist verheiratet, hat einen Sohn.*

Mitzie

Wenn ihr meine Geschichte hören möchtet, solltet ihr euch damit auseinandersetzen, dass nicht alles angenehm sein wird. Ob das Ende harmonisch wird oder nicht, mag ich an dieser Stelle noch nicht verraten. Doch wenn mir mit dem Leben eines bewusst geworden ist, dann, dass das Leben kein Ponyhof ist.

Alles begann, als ich mit meinen drei Geschwistern in einem Karton ausgesetzt wurden. Das, was ich am Leben am meisten hasse, ist die Rücksichtslosigkeit mancher Menschen, uns Tiere zu behandeln wie Dinge. Was macht man mit Dingen, die man nicht mehr braucht? Wegwerfen. Leider werden wir Tiere manchmal genauso behandelt. Ihr meint, ich übertreibe? Ich muss gestehen, dass ich manchmal negative Vorurteile habe, aber die kommen leider auch nicht von alleine. Die Anfangsgeschichte des Ausgesetztwerdens führte zu dieser Denkweise.

Allerdings gibt es auch Menschen, die es gut mit uns Tieren meinen. So auch der Mann und die Frau, die den Karton mit uns jungen Kätzchen darin fanden, ihn mitnahmen und überlegten, was aus uns werden würde. Sicher war ich mir anfangs nicht, was auf uns zukommen würde. Vorerst würden wir in dem Haus des Ehepaars eine Bleibe finden. Obwohl das Gebäude höherwertigen Daseins war, hatte der Erbauer offensichtlich ein Faible dafür, seinen Wert nach außen geringer zu halten als im Inneren. Zwei meiner Geschwister zogen leider mit der Zeit wieder um. Vielleicht waren wir zu viele Katzen für das Ehepaar, denn das verbrachte die meiste Zeit auf der Arbeitsstelle, wo man uns in einer der hintersten Ecken ausgesetzt hatte.

Warum man sich ausgerechnet für mich als Hauskatze entschied, war mir mein ganzes Leben lang nicht klar, doch es war das Beste, was mir passieren konnte. Als ich langsam das sichere Gefühl bekam, eine längere Bleibe gefunden zu haben, ging ich auf Erkundungstour. Ich nahm ein Zimmer nach dem anderen als auch Etage für

Etage unter die Lupe. Danach erkundigte ich das Wohnviertel. Das war sehr vornehm! Die Gärten lagen alle geschützt nach innen, sodass man eigentlich wenig mit herumrasenden Autos zu tun hatte, die einem von einem zum anderen Augenblick den Garaus machen konnten. Vereinzelt liefen auch andere Mitstreiter in dem Wohnviertel herum, doch das störte mich nicht. Mein Revier war bereits markiert. Hier würde sich keine fremde Katze oder fremder Kater zu schaffen machen. Und wenn doch, dann würde der ungebetene Gast meine Krallen zu spüren bekommen. Wenn ich wollte, konnte ich zu einem Kampftiger werden.

Einen Lieblingsplatz hatte ich mit der Zeit auch ergattert. Ratet mal welchen. Eine Sofaecke im Gebäudeinneren? Nein. Sicherlich nicht. Als Freigänger zog ich den Grillkamin vor, wenn dieser nicht benutzt wurde. Und beim Grillen bekam ich immer etwas ab. Seien es Würstchen oder kleinere Fleischstücke. Mann, was lief mir manchmal schon das Wasser im Munde zusammen, wenn ich den herrlichen Geruch von gegrilltem Fleisch schon aus der Ferne roch. Dann dauerte es meistens nicht lange, bis ich mit von der Partie war und irgendwo die Familie umgarnte. Klar war, dass ich sie alle in der Tasche hatte.

Ich hatte da meine Tricks. Die Tochter der Familie war zwar manchmal etwas hartnäckig, verwöhnte mich jedoch an manchen Tagen mit meiner Lieblingsmarke Katzenfutter. Einmal darauf eingefahren, mochte ich irgendwann auch nichts anderes mehr an Katzenfutter anrühren. Ich kann euch sagen, dass nicht jedes Katzenfutter gleich schmeckt. Ihr mögt doch bestimmt auch nicht alles Essbare, was man euch vorsetzt, oder? Darin sind wir Katzen und Kater nicht anders. Wir haben auch unsere Vorzüge beim Futter. Manche von uns sind wählerisch, andere weniger. Ich war halt wählerisch im Bezug auf meine Lieblingsmarke. Wenn ich etwas anderes vorgesetzt bekam, verweigerte ich dies, bis meine Menschen mitbekamen, dass ich nur noch das Beste vom Besten an Katzenfutter fressen wollte. Sie waren schon recht umsorgt, das muss ich zugeben. Auch hatte ich freien Zugang zu jedem Zimmer im Haus. Durch eine Katzenklappe, die irgendwann mit einem Chip auf mich abgestimmt wurde, konnte von diesem Moment an auch nur noch ich in das Haus gelangen. Und da hatte ich sozusagen eine ganze Spielwiese für mich allein. Was kann es Besseres für eine Katze geben?

Auch genoss ich die Streicheleinheiten, die man mir gab, wenn ich mich bei gemeinsamen Fernsehabenden mit zu der Familie auf das Sofa legte. Eine Wohltat für meine Katzenseele, sag ich euch. Nachts hatte ich auch die freie Wahl, zu wem ich mich mit ins Bett hineinlegen durfte. Manchmal schlief ich bei der Tochter im Zimmer, manchmal bei dem Ehepaar.

Irgendwann zog auch noch ein Yorkshire-Terrier namens Yogie mit ein. Ob wir uns gestritten haben oder Revierkämpfe austrugen? Nein. Wir arrangierten uns. Man hätte meinen können, dass es Futterneid untereinander hätte gäben können, doch es war für uns beide genug vorhanden. Nur beim Grillen, da waren wir uns einig, dass wir beide am liebsten Steak abbekommen wollten. Aber selbst da gab es keine Streitereien. Das Fleisch wurde gerecht unter uns beiden aufgeteilt. Und nachts huschte meistens zuerst ich ins Bett, gefolgt von Yogie. Yogie schlief an der Seite der Frau, ich auf ihrem Bauch oder an der anderen Seite, wenn sie sich drehte.

Eines Tages fraß Yogie nicht mehr. Ich hatte leider keinen blassen Schimmer, was mit ihr los war. Ich bemerkte nur, dass sie immer dünner wurde und ihr Fell leider auch etwas abstumpfte. Die Tochter der Familie fiel zuerst auf, dass etwas nicht stimmte, und man brachte Yogie zum Tierarzt. Danach habe ich sie leider nicht mehr gesehen.

Ein Tierarztbesuch war für keinen von uns etwas Schönes. Meistens hörte ich schon im Vorfeld an der Stimmlage meiner Menschen, wenn diese mit dem Tierarzt telefonierten, dass etwas nicht stimmte. Auch verhielten sie sich eigenartig, wenn sie mich in einen Katzenkorb locken wollten. Mit der Zeit hatte ich ihr seltsames Verhalten herausbekommen und verkroch mich im Vorfeld. Doch die Tochter kannte meinen Lieblingsplatz und wusste, wie man mich überreden konnte, in den Korb zu gehen. Für ein Stückchen Extrasteak tat ich einfach alles. Das war meine absolute Schwäche. Kaum befand ich mich im Korb, wurde die Korbtür geschlossen, der Korb in einen Wagen verfrachtet und dann fuhren wir gemeinsam zu Doktor Frankenstein. Ob er wirklich Doktor Frankenstein hieß, weiß ich nicht. Ich nannte ihn so. Eigentlich war er ganz nett. Aber egal wie nett er sein mochte, es half nicht dabei, die negative Erinnerung an Tierarztbesuche wegzumachen. Im Wartesaal hockten auch andere Tiere wie Meerschweinchen, Hasen oder Wellensittiche. Sicherlich mag es auch andere Tierpatienten gegeben haben, denn die fremdartigen Gerüche ließen darauf schließen, allerdings konnte ich diese auch nicht immer zuordnen. Es mischte sich an diesem Ort zu viel auf einmal. Da wir Tiere einen guten Wahrnehmungssinn haben, spüren wir die Ängste anderer Mitlebewesen. Und eine Tierarztpraxis war voll davon. Ich war jedes Mal froh, wenn ich diesen Ort wieder verlassen konnte.

An einem Tag sollte es jedoch leider keine Heimkehr mehr geben, doch das konnte ich im Vorfeld nicht wissen. Ich war an diesem Tag nicht sonderlich gut drauf und schwächelte unter Fieber, doch ahnte ich bei diesem Tierarztbesuch nicht, was auf mich zukommen würde. Gemeinsam mit meinen beiden Lieblingsmenschen, der Frau und der Tochter, durchquerte der Arzt den kühlen Flur, den ich von meinem Korb aus beobachten konnte und von anderen Besuchen her kannte, es ging dieses Mal jedoch zu einem anderen Zimmer als sonst. In meinem schwächlichen Zustand nahm ich von der Rundumumgebung nicht viel wahr, außer dass es in diesem Raum nicht gut roch. Ich glaube, meine Menschen nahmen diesen Geruch nicht wahr, denn sie schienen sich an nichts zu stören, doch ich witterte Gerüche, die erahnen ließen, dass in diesem Raum nichts Gutes vor sich ging. Was ein Tumor war, verstand ich zu dem Zeitpunkt nicht, jedoch waren es das die Worte des Arztes, die hier fielen. Diese Worte weckten Tränen in der Tochter. Die Frau war befangen, ob sie tapfer sein oder ebenfalls in Tränen ausbrechen sollte, entschied sich jedoch zum ersteren. Am Ende der Unterhaltung kam der Arzt mit einer langen Nadel, die er in meinen Körper schob. Danach wurde es schwarz um mich herum.

Es muss nicht jede Geschichte traurig enden, aber diese endet mit einem Lebewohl von ihrer Erzählerin Mitzie. Ich möchte die Hoffnung nicht aufgeben, dass es noch andere Menschen wie meine geben mag, die uns Tieren eine Welt geben, in der wir ein angenehmes Leben führen können, bis wir diese Welt irgendwann über die Regenbogenbrücke verlassen.

Vanessa Boecking: *Autorin verschiedener Genres. „Damian, der Zauberer“ Fantasy/ Märchen. „Osiris, die Supermumie“ Fantasy/ Manga.*

Legrosch

Prolog

Er war ein Kater – kein gewöhnlicher, aber dennoch ein Kater. Legrosch war ein besonderer Kater und einzigartig in seiner Art. Ich will euch von ihm erzählen, und vielleicht versteht ihr dann besser, warum ich ihn für einzigartig und einzig in seiner Art halte.

Erstes Kapitel

Es war das übliche Katerkonzert jeden Morgen vor dem Balkon. Legrosch saß auf dem kleinen Bistrotischchen auf einer Decke, und weil es eben geschneit hatte, maulte er mit einem überdeutlichen Katerraunen in Richtung unserer Wohnung. Er wollte einfach sagen: „Mir ist kalt an den Pfoten, lasst mich schon rein."

Nun, meistens taten wir das. Nicht gerade glücklich darüber, aber dennoch, weil wir ihn mochten. Auch um vier Uhr morgens in der Früh. Unsere Nachbarn kannten ihn schon, verstanden es nicht, aber dennoch blieben die Beschwerden darüber gottlob aus.

Nun, Legrosch war ein rotbrauner Kater. Eigenwillig, stur vielleicht und mit einem Hang dazu, immer wichtig sein zu wollen – wie viele seiner Katzengenossen. Aber sonst ein liebes Tier, wie es einen Katerengel sonst nicht anders geben konnte.

Na ja, Engel, vielleicht habe ich ein wenig übertrieben. Er war nicht unbedingt der Vorzeigekater: etwas fülliger als andere Katzen und doch wählerisch, was seine Nahrung anging. An manchen Tagen gab es nicht genug für ihn, an anderen schwänzelte er um sein Fressen und wollte sagen: „Was ist denn das wieder? So was mag ich nicht. Keinen Appetit."

Na ja, eine Katze, wic sie im Buche steht eigentlich. Viele werden das kennen, wenn sie an Kater und Katzen denken – und doch war das noch nicht der Gipfel des Ungewöhnlichen. Legrosch war mehr noch – er war eine ungewöhnliche Natur.

„Welche Katze ist das nicht?", wirst du nun sagen und dir denken.

Doch glaube mir, mit einem Kater, der Mäuse fängt, die er, wie es schien, vom besseren Leben nach dem Tod überzeugt hatte – damit hattet ihr es auch noch nicht zu tun. Ich beginne nun aus der Ich-Form zu erzählen und hoffe, ihr bleibt mir dennoch treu.

Zweites Kapitel

Ich ... ich bin Legrosch. Das wusstet ihr schon, wie? Meine Geschichte und Lebensart kennt ihr aber noch nicht, davon will ich euch nun ein wenig berichten.

Es ist doch klar, dass meine Menschen dafür da sind, mir zu gefallen. Oder seht ihr das irgendwie anders? Ich jedenfalls bin fest der Meinung, dass sie das sind und sein sollten. Miaue ich – mehr kann ich ja schließlich nicht tun –, ist es an der Zeit, mir zu Diensten zu sein. Futterdeckel aufmachen, Türen öffnen – ganz alltägliche Dinge, die sie besser können. Daneben gebe ich mir ja große Mühe, auch etwas Gutes für sie zu tun.

Warum sie keine Mäuse mögen, ist mir manchmal ein Rätsel, aber vielleicht sind sie einfach zu gut mit anderen Nahrungsmitteln versorgt. Ich lege ihnen gerne eine aufs Kopfkissen, aber das scheint nicht so recht zu sein. Ich würde mich freuen, wenn sie sich freuen würden, aber ich sollte da vielleicht nicht von mir auf sie schließen. Vielleicht.

Ich liebe es, im Garten zu sitzen und der Wiese Plätze abzuringen, die noch nicht erkundet sind. Neulich habe ich dort einen Maulwurf erlegt, aber wie mit den Mäusen war auch dieser auf dem Kopfkissen nicht so gefällig. Menschen sind wählerisch bei so was, wie es scheint.

Ich bin schon etwas Besonderes, ein besonderer Kater. So viel steht wohl fest. Das haben nicht nur meine Menschen längst erkannt. Alles fresse ich ihnen nicht. Nun weiß ich nicht, wie weit ich mich von anderen Katzen oder Katern unterscheide. Vermutlich nicht so viel. Aber der Kern des Ganzen liegt wohl im Detail.

Ich miaue auf. Ich bin stur. Ich bin eine Katze. Na ja, Kater.

Damit erst mal genug von mir. Fürs Erste.

Letztens habe ich eine süße Katze gesehen. Da wird selbst ein gestandener Kater wie ich schwach.

Sanftes Haar, schöne Schnurrhaare und Augen zum Versinken. Und sie schien nicht weit von hier zu wohnen. Ein, zwei Kilometer entfernt von hier.

Ich war ein paar Nächte unterwegs. Habe sie leider nicht mehr gefunden. Dafür freuten sich die Menschen über mich, als ich wieder auftauchte. Sie haben mir sogar anderes Fressen gekauft – ein tolles Fressen. Ich glaube, ich bleibe öfter mal länger weg. Es ist schöner, dann wiederzukommen.

Drittes Kapitel

Neulich habe ich mal wieder so eine besagte Kopfkissenmaus gefangen. Es gab ein großes Hallo und ich wurde vor die Haustür gesetzt. Die Mäuse – jam, jam – wurden leider in die tiefe Biomülltonne, das braune Ding, geworfen.

Könnt ihr euch vorstellen, was das für eine Arbeit war? Maus jagen, Maus hypnotisieren – ja, hypnotisieren –, Maus töten. Das hättet ihr jetzt nicht geglaubt, wenn ich euch das nicht geschrieben hätte. Ja, das mit dem Hypnotisieren fällt einem nicht ganz so schwer, wenn man einen hin- und herschweifenden ... ääāh ... Schweif hat. Hin und her, hin und her. Und: „Du wirst müde, Mäuschen", habe ich gesagt und *zipp* – Maus eingeschlafen. Dann kurz in den Hals genagt und gut ist. Aber weiter gehe ich da nicht mehr drauf ein. Von der bösen Schlepperei bis zum Kopfkissen gar nicht zu reden, stellt es fast eine Glanzleistung dar, sie nach Osten gen Sonnenaufgang zu legen.

Na ja, niemand weiß da mein Tun zu schätzen. Schätze ich es eben selber. Schönen Tag noch. Mit oder ohne Mauseduft in der Nase. Schnurr.

***Simon Käßheimer** wurde am 27. Mai 1983 in Friedrichshafen am Bodensee geboren, wo er bis heute seine Wurzeln sieht. In der Nähe des Bodensees, in Ravensburg, lebt er heute inspiriert von der idyllischen Landschaft und führt ein glückliches Leben. Nach einer Gärtnerausbildung und neun Jahren Hauptschule arbeitete er zunächst in seinem erlernten Beruf als Gärtner. Später widmete er sich einer Tätigkeit, die ihm die Möglichkeit bot, seiner Leidenschaft, dem Schreiben, mehr Zeit einzuräumen. Seine literarischen Werke sind von einem feinen Gespür für Natur, Humor und Lebensbeobachtungen geprägt. Weitere Informationen zu Simon Käßheimer und seinen Veröffentlichungen finden Sie auf seiner Homepage www.simonkaessheimer.de.*

Mäuseplage

Das ist das Gedicht vom Kater Klaus,
dem Mäuseschreck im alten Haus.

Er schleicht mit weichen Pfoten über morsche Dielen,
stets wachsam nach den Mäusen zu schielen.

Wenn die alten Bretter lautstark knarren,
müssen die Mäuslein im Versteck verharren.

Angetan hat dem Kater ein großes Loch,
sah er dahinter Mäuslein doch.

Steckt hindurch seinen dicken Kopf,
fest hängt er nun, der arme Tropf.

Die Mäuse freut es unterdessen,
können ihn ärgern und so richtig stressen.

Sie pieksen ihn, zerren an seinen Haaren,
vor weiterem Schmach vermag ihn nur sein Mensch
noch bewahren.

Der kommt auch bald zum Zimmer rein
und kann den Kater schnell befrei'n.

Dankbar hört man Klaus sagen:
„Ich werde ab jetzt nur draußen jagen.

Mit der Mäuseplage hier im Haus
hält es ja kein Kater aus."

Jens Richter *wurde 1967 in Wurzen bei Leipzig geboren. Heute, 56 Jahre später, lebt er in Dresden und arbeitet als Elektroplaner. Er ist verheiratet, Vater von zwei erwachsenen Kindern und stolzer Großvater eines pfiffigen Enkels. Neben seiner beruflichen Tätigkeit widmet er sich dem Schreiben. Seine Texte veröffentlicht er auf der Plattform e-stories. de, wo interessierte Leser seine Werke und weitere Geschichten entdecken können.*

Die Katze, die keine Mäuse fraß

Der schwarze Kater saß vor der offenen Scheunentür und betrachtete seinen Nachwuchs. Billy, Sam und Lilly schauten ihn erwartungsvoll an. Sie waren schon total aufgeregt, denn heute wollte ihnen ihr Vater beibringen, wie man Mäuse jagt.

„Kommt mit, aber seid leise."

Blacky drehte sich um und huschte in die Scheune hinein. Die drei Katzenkinder folgten ihm – sorgfältig darauf achtend, kein Geräusch zu machen. Aufmerksam sahen sie sich um und erstarrten regelrecht, als sie die Maus sahen, die vor einem Sack Getreide saß und die Körner, die durch einen kleinen Schlitz gerutscht und auf den Boden gefallen waren, in aller Ruhe fraß. Blacky schlich sich an sie heran, er setzte seine Pfoten langsam und vorsichtig auf den Boden und sprang dann mit einem großen Satz auf die Maus. Ein lautes Fiepen und es war vorbei. Der schwarze Kater drehte sich mit dem Nagetier im Maul um, ging zu den Welpen und legte sie vor ihnen ab. „Ich hoffe, ihr habt gut zugesehen, denn jetzt seid ihr an der Reihe."

Sam, Lilly und Billy nickten und schlichen langsam in die Scheune hinein, jeder in eine andere Richtung. Es dauerte nicht lange, als abermals ein lautes Fiepen erklang und das einzige Mädel in der Runde mit stolzgeschwellter Brust zu seinem Vater lief. Dieser nickte seiner Tochter zu und bedeutete ihr dann *mimisch*, sich neben ihn zu setzen. Kurze Zeit darauf kamen auch ihre Brüder mit ihrer Beute angelaufen. Aber was war das – die Maus, die Sam im Maul hielt, bewegte sich ja noch!

„Junge, was soll das denn werden? Beiß zu, nun mach schon!"

Sam brach der Schweiß aus, er konnte die Maus einfach nicht töten, nein, es ging nicht! Und schon öffnete er sein Maul und ließ die Maus fallen. Diese ergriff ihre Chance und rannte, so schnell sie konnte, hinter einen Strohballen.

„Spinnst du?", schrie Blacky seinen Sohn an. „Du kannst die Maus doch nicht laufen lassen! Wir sind Katzen und wir töten Mäuse!"

„Ich kann das nicht, bitte zwing mich nicht dazu!", rief Sam, drehte sich um und lief zur Scheunentür hinaus. Der Geschmack der Maus auf der Zunge ließ ihn übel werden und er erbrach sich würgend. Seine Geschwister und sein Vater sahen ihm von der Scheune aus zu. Blacky seufzte, das konnte doch nicht wahr sein! Sein Sohn war ein Weichei, hoffentlich hatte das keine der anderen Katzen gesehen. Sam indes lief mit schlurfenden Schritten zurück zu dem Haus, in dem seine Familie wohnte. Ihm war immer noch schlecht und er wollte nur noch seine Ruhe haben.

„Du hättest ihn sehen sollen, Mary, er hatte die Maus im Maul und hat sie wieder ausgespuckt! Was soll nur aus dem Jungen werden, so kann er doch nicht überleben! Er muss das Töten lernen, sonst verhungert er!"

„Ich habe vorhin mit ihm gesprochen und er sagte mir, dass er nie ein anderes Lebewesen töten werde. Er könne das einfach nicht mit seinem Gewissen vereinbaren."

Schockiert schaute Blacky seine Frau an. „Was für ein Mumpitz! Wir sind dazu geboren, um zu jagen und zu töten! Und Sam muss das lernen! Ja, er muss, mein Sohn ist nämlich kein Weichei!"

„Aha, darum geht es also in erster Linie. Sam ist, wie er ist, und du wirst ihn nicht ändern. Er ist ein lieber, netter Kater, der einmal von einer Familie adoptiert werden wird. Und er wird dann sein Fressen in einem Napf hingestellt bekommen."

„Das kann man für ihn wirklich nur hoffen, denn sonst sehe ich schwarz für ihn."

Doch leider erfüllte sich der Wunsch von Mary nicht. Lilly und Sam wurden an einen Bauern verkauft, bei dem sie die Scheune und den Stall von Mäusen befreien sollten. Lilly bewältigte ihre Arbeit mit Bravour, denn sie jagte für ihr Leben gern. Sam hingegen verzweifelte an der ihm gestellten Aufgabe, denn er konnte die Mäuse inzwischen zwar fangen, ohne dass ihm dabei übel wurde, umbringen konnte er sie aber nicht. Lilly hatte ihm angeboten, das für ihn zu übernehmen, doch selbst das brachte er nicht über das Herz. Er hatte permanent Hunger und wurde immer dünner und sein Fell struppig. Seine Schwester verzweifelte langsam, aber sicher. „So geht es nicht weiter, du wirst sterben, wenn du keine Mäuse frisst. Etwas anderes bekommen wir von dem Bauern nämlich nicht!"

„Ich kann es einfach nicht, bitte versteh mich doch."

Traurig sah Lilly Sam hinterher, der sich umgedreht hatte und auf die Wiese ging, um dort wenigstens etwas Gras zu fressen. Es würde kein gutes Ende mit ihm nehmen, das fühlte sie.

Und eines Tages war Sam weg. Lilly suchte ihn überall, doch sie konnte ihn nicht finden. Vor lauter Verzweiflung fing sie laut an zu rufen, aber niemand antwortete ihr. Halt, nicht ganz, denn Fred, das Pferd des Bauern, meckerte sie an. „Was soll denn dieses Geheul? Ich möchte schlafen, sei ruhig."

„Ich suche meinen Bruder, hast du ihn gesehen?"

„Du meinst den dünnen roten Kater?"

Lilly nickte und schaute das Pferd hoffnungsvoll an.

„Dann habe ich leider keine guten Nachrichten. Der Bauer hat ihn eingefangen und mitgenommen. Er redete etwas von einem unnützen Tier und dass er so einen nicht auf seinem Hof gebrauchen kann."

Lilly traten die Tränen in die Augen, der kleine Sam, sie würde ihn bestimmt nie wiedersehen.

„Halt doch mal an, da drüben liegt irgendwas Rotes im Gras."

„Das ist bestimmt nur ein Stofffetzen oder so etwas in der Art", antwortete Robert und fuhr weiter.

„Halt sofort an!", schrie ihn Linda an. „Dein Stofffetzen hat sich gerade bewegt!".

Gottergeben bremste Robert und kaum war der Wagen zum Stillstand gekommen, riss seine Frau die Tür auf und rannte auf der Straße zurück. Als sie die Stelle, an der sie den roten Fleck wahrgenommen hatte, erreichte, blieb sie stehen und ging dann in die Hocke. Robert war ebenfalls ausgestiegen und hatte sich eine Zigarette angesteckt. Linda hatte inzwischen ihre Jacke ausgezogen, das rote Etwas hineingelegt und hielt es fest in ihren Armen, als sie sich erhob und zurück zum Auto lief.

„Das ist ein Kater, er wurde angefahren und einfach liegengelassen. Wer tut denn so etwas?"

Robert schaute sich den Vierbeiner an. „Das ist bestimmt ein Streuner. Er ist ja klapperdürr und sein Fell ist völlig verfilzt."

„Na und, es ist ein Lebewesen, das Hilfe braucht! Los, komm, wir fahren in die Tierklinik!"

Linda setzte sich vorsichtig auf den Beifahrersitz, während Robert seine Zigarette austrat und sich dann ins Auto setzte. Er fuhr los, immer wieder einen kurzen Blick zu seiner Frau und dem Kater werfend. Er ahnte es schon, dieses Tier würde bei ihnen einziehen.

Und genauso kam es. Linda adoptiere Sam und nach einigen Tagen in der Tierklinik durfte er in sein neues Zuhause ziehen. Dort warteten schon zwei Kinder und ein älterer Kater auf ihn. Die Kinder waren begeistert von dem Neuzugang, der Kater nicht. Aber mit der Zeit gewöhnte er sich an Sam und die beiden verstanden sich gut.

Eines Tages erzählte der rote Kater seinem Kumpel seine Geschichte.

„Das habe ich auch noch nie gehört. Ein Kater, der keine Mäuse frisst! Was es nicht alles gibt!"

Sam wurde rot, denn irgendwie schämte er sich dafür, dass er so war, wie er war. Aber da er eh ein rotes Fell hatte, fiel das zum Glück nicht auf.

„Da hast du wirklich Glück gehabt, dass Linda und Robert dich gefunden und adoptiert haben, denn hier gibt es keine Mäuse. Wir bekommen – wie du ja schon bemerkt hast – jeden Tag Dosen- und Trockenfutter in unsere Näpfe geschüttet. Es ist wirklich ein Katzen-Schlaraffenland!" Sprach es und schlief ein.

Sam ging zur Terrassentür und schaute hinaus. Wenn ihn doch seine Mutter jetzt sehen könnte, ihr Wunsch sein Zuhause betreffend war endlich in Erfüllung gegangen!

Ingrid Hägele, *Jahrgang 1961, ist Single und wohnt in Stuttgart, wo sie auch geboren wurde. Sie ist Rentnerin und schreibt mit Unterbrechungen seit Jugendtagen. Frau Hägele in allen Genres zu Hause, ihre bevorzugten Themen sind aber Indianer und Pferde. Viele ihrer Kurzgeschichten wurden bereits in verschiedenen Anthologien veröffentlicht.*

Wohngemeinschaft

Es verweigert mein Freund, bei dem ich wohne,
jede Form von Krieg, Streiterei und Krawallen,
er sagt, dass sich letztlich das niemals lohne.
Auch ich mag nicht kämpfen, kratzen und krallen,
ein liebes Geschöpf bin ich immer gewesen,
charmant und freundlich mit friedlichem Wesen.
Ich schmuse gerne und lasse mir schmeicheln,
dann schnurre ich leise, ich liebe das Streicheln.
Geh mit grünen Augen um heißen Brei,
mach Buckel, genieße die Lümmelei.
Meine Morgenwäsche fällt durchaus kurz aus,
doch bin ich stets sauber, Schmutz ist mir ein Graus.
Ich mag Wärme und Sonne, bin nicht nächtelang
wie Cousinen und Vettern auf Beutefan,g
doch Nettsein reicht nicht, ich will Steigerung.
Exklusiv: Mäusefang-Verweigerung,
aus die Maus, hoch die Pfote, die Tatze
ich bin stolz, eine pazifistische Katze

Jochen Stüsser-Simpson *liest, schreibt und joggt gern. Er lebt in Hamburg, verdient sein Geld als Studiendirektor am Christianeum im Hamburger Westen, verschiedene Veröffentlichungen in Papierfresserchens MTM-Verlag, als Einzelveröffentlichung „Schauderwelsch, spannende Texte zum Schmunzeln, Fürchten, Trösten, Lieben, Lachen ..."*

Digger

Hallo, ich bin Digger. Ich glaube, ich nehme das mal selbst in die Pfote. Wenn dieses Buch wieder nur von Menschen geschrieben wird, dann wird da wieder viel Unsinn drinstehen. Wie ich auf die Idee komme? Kleines Beispiel gefällig:

Ist erst ein paar Tage her. Ich liege so schön auf dem Rücken und lasse mir von Margit, das ist mein Mensch, den Bauch kraulen. Sagt doch glatt einer von den anderen Menschen: „Da genießt es aber jemand, sich verwöhnen zu lassen."

Was hat das denn mit Verwöhnen zu tun? Es ist mein Recht und ihre Pflicht!

Dann sagt Margit auch noch, eigentlich dürfe sie das gar nicht. Weil sie nämlich in diesem Internet-Ding gelesen habe, dass man uns nicht den Bauch kraulen soll. Weil wir das nicht mögen und deshalb ständig kratzen und beißen. Haben Experten geschrieben. Sagt sie. Zum Glück hält sie sich nicht an diese Empfehlung. Das wäre ja auch noch schöner. Was sind das denn bitte für Experten? Und was geht die mein Bauch an? Wenn ich den Bauch gekrault haben will, dann macht sie das auch. Ist ohnehin viel zu selten, denn ich wohne nicht bei ihr, sondern in einer Pferdepension. Sie kommt aber zweimal täglich vorbei und kümmert sich um mich und meine Freundin Herzkatze.

Und dass ich kratze und beiße, ist Blödsinn. Margit weiß, wie man meinen Bauch kraulen muss. Kratzen würde ich nur, wenn sie mich dazu zwingen würde. Tut sie aber nicht. Wenn ich keine Lust mehr habe, dann schiebe ich ihre Hand vorsichtig weg. Ohne Kralleneinsatz! Sie versteht das und hört auf, wo ist also das Problem?

Ja, ich weiß, es gibt auch Menschen, die sind noch zu dumm, eine Katze richtig zu kraulen. Die sollen sich einfach einen Hund anschaffen. Und wenn sie dazu auch zu dumm sind, dann eben ein Plüschtier!

Dann noch die Sache mit den Besitzverhältnissen. Sie sagt immer, ich gehöre ihr nicht, sie kümmert sich nur um mich. Was bitte soll denn das heißen, seit wann kann ein Mensch eine Katze besitzen? Da ist so ein Menschending, absoluter Blödsinn. Und nach Katzenrecht ist sie mein Mensch, ob sie will oder nicht! Da spielt es keine Rolle, was Menschen sagen oder meinen!

Und sie ist nicht meine Mutter, wie soll das denn gehen? Trotzdem gibt es hier Menschen, die sagen doch glatt: „Da kommt deine Mama“, wenn Margit auftaucht. Oder die anderen Frauen werden als Mutter (oder sogar Mami) von ihrem Pferd bezeichnet. So einen Mist kann doch nur ein Mensch verzapfen.

Meine Mutter war jedenfalls eine Katze. Superlieb, aber wir wurden dann irgendwann getrennt. Das ist aber schon sehr, sehr lange her. Ich bin dann auch auf der Straße gelandet und musste sehen, wie ich klarkam. Dort lebte ich lange. Bis ich hier in die Nähe kam und diese Gerüchte gehört habe. Dass man hier bei den vielen Pferden einen Job als Stallkatze bekommen kann und dann ausgesorgt hat. Ich habe das dann einfach mal probiert – und es funktionierte.

War einiges an Arbeit, zumal ich ja erst mal verdeckt ermitteln wollte. Klappte nicht, Margit hat mich entdeckt und dann für mich Futter hingestellt. Sie wollte nicht, dass ich ihre Katzen oder die anderen Stallkatzen vom Futter vertreibe. So kamen wir uns langsam näher, und als sie mir dann nach einiger Zeit das Leben gerettet hat, war ja wohl klar, dass sie mein Mensch ist! Egal was Menschen sagen. Sie ist eigentlich hier, weil sie vor Jahren einen Platz für ihre Ponys und Katzen brauchte. Ihr eigener Stall musste weg, weil Menschen dort Häuser bauen wollten. Unfassbar, aber mein Glück.

Als ich hier ankam, waren ihre Ponys kurz vorher gestorben, beide kurz nacheinander. Das eine war sehr alt und ist deshalb gestorben, das andere hatte irgendeine blöde Krankheit. Sie wollte dann keine neuen Ponys mehr und kam nur noch wegen Quitschie und Nero her. Und wegen uns anderen. Na ja, Freunde waren wir Katzen nicht, aber hier ist ja genug Platz für uns alle.

Nach über einem Jahr sind dann Quitschie und später Nero verschwunden. Es gibt Hinweise, das Quitschie auf der Straße von einem Auto ermordet wurde, aber einen Beweis hat Margit nicht. Sie hat auch gesucht, Anzeigen in der Zeitung und im Internet gehabt und was man da so alles macht, wenn man seine Katze finden will.

Hat leider alles nichts genutzt. Margit war sehr traurig, aber eine andere Katze wollte sie nicht haben. Die beiden haben nämlich offenbar ihr gehört. Zumindest nach Menschengesetzen. Ich habe schon schwarz für mich gesehen, nachdem ich kurz gehofft hatte, dass sie mich adoptiert und ich ihre Katze werden kann. Das war wohl nix, sie wolle keine eigene mehr und basta. Inzwischen habe ich auch den Grund herausgefunden. Irgendwie kann ich das sogar verstehen.

Für mich hat sich glücklicherweise nichts geändert. Ich wäre ohnehin hiergeblieben, denn bei ihr kann ich nicht wohnen. Ich habe auch lieber meine Freiheit! Sie kommt jetzt eben nur noch für uns her. Aber nur ich bekomme dieses ganz besonders leckere Leckerli. Leider immer viel zu wenig. Damit ich nicht fett werde. Frechheit!

Wir kriegen hier übrigens nicht nur Futter, sondern wir werden auch zum Doktor geschleppt, wenn es nötig ist. Manchmal auch, wenn es nicht nötig ist.

Wir haben alle eine eigene Futterstelle. Hundesicher sogar. Hier sind nämlich immer viele Hunde und es gab immer Streit, deswegen hat Margit dafür gesorgt. Ich habe sogar mein eigenes (leider sehr kleines) Appartement. Da habe ich auch eine Kuschelhöhle, eine Kiste und eine Liegedecke.

Und manchmal einen Hund. Margit kann nicht immer so, wie sie gerne möchte, denn das gehört ihr hier ja leider nicht. Deshalb hat sie so eine Schiebetür gebaut, die sie nicht ganz bis an die Wand schiebt, denn ich muss schließlich noch durch den Spalt reinkommen. Die Tür ist mit zwei Holzdingern (Keile heißen die) festgeklemmt. Reicht eigentlich. Die meisten Hunde kümmern sich auch gar nicht um mein Reich. Bloß dieser eine. Dessen Mensch ist zu dumm, um einen Hund zu erziehen. Wenn der dann lange genug gegen meine Tür springt, dann lockert sich das Holzding oder fällt raus, dann schafft er es, den Spalt zu vergrößern und hereinzukommen. Und mein Futter zu fressen. Sein Mensch ruft und meckert und schimpft dann, aber er hört einfach nicht. Margit sagt, ich soll dem mal gewaltig aufs Maul hauen, damit der das kapiert. Ich mache mir meine Pfoten doch nicht an einem Hund schmutzig! Sie spinnt wohl. Soll diese Frau doch ihren Hund erziehen!

Aber nein, sie meckert lieber und zankt mit Margit. Sie soll mich woanders füttern. Sonst gehts der aber noch gut? Margit denkt aber nicht daran, auch wenn sie sich ärgert. Der Hund macht schließlich nicht nur Unordnung, sondern frisst auch das Futter, das Margit für mich gekauft hat. Sie sagt aber, der Chef von dem Ganzen hat ihr diese Ecke zugeteilt – und deshalb macht sie das genau so und nicht anders.

Bis vor ein paar Wochen hatte ich noch ein größeres Appartement. Aber dann wurde hier mal wieder alles anders gemacht, weil der Chef schon wieder was am Bauen ist. Ist leider nicht das erste Mal, der baut wohl gerne.

Herzkatze hat ihre Futterstelle in so einer doppelten Wand, da ist sie auch sicher. Ist zwar ein bisschen unbequem für Margit, aber Herzkatze (blöder Name!) hat sich diesen Platz ausgesucht und ist sehr gerne dort. Ist zwar nicht mein Fall, aber wenn es ihr gefällt.

Hier gibt es einige hundesichere Plätze. Auf den Schränken der Menschen, auf den Balken, die überall zwischen den Pferdeboxen sind, auf den Heuballen, den Strohballen, dem Dach und einigen Mauern. Oder man verschwindet zwischen den Ballen, das sind diese riesengroßen runden. Da sind jede Menge Lücken, in denen man sich einquartieren kann. Wäre natürlich noch besser, wenn die Menschen nicht immer wieder welche davon wegholen würden. Ständig wird alles geändert, das nervt!

Als ob es nicht reichen würde, dass hier ständig was um- oder angebaut wird. Na ja, Menschen eben, da darf man einfach nicht zu viel erwarten.

Mit Margit hatte ich ja noch ziemliches Glück, sie ist eigentlich ganz vernünftig und lernfähig. Die behalte ich!

Ein herzliches Miau

Euer Digger

Margit Günster: *Jahrgang 1963, ist Hauswirtschaftsmeisterin. Seit über 30 Jahren diverse Veröffentlichungen – Gedichte, Geschichten, Fotos.*

Katzen der Umgebung

Bewegung zwischen
Pflaster und Gartenmauer
nur ein Katzensprung

das liebe Kätzchen
aus vergnüglichem Spieltrieb
funkelt Jagdinstinkt

Katzengastgeschenk
tote Eidechse
auf der Fußmatte

Frühlingserwachen
die weiße Katze
döst in der Sonne

sie starren sich an
nach wildem Kräftemessen
Kampf der Hauskater

Katzenfutter für alle
Mieze und Streuner
flankieren einen Igel

Frühjahrsmüdigkeit
die Katze auf dem Schoß
Singvögeln lauschen

Streifzug durch die Nacht
eine graue Katze
beobachtet mich

__Wolfgang Rödig__ lebt in Mitterfels. Er hat bislang mehr als 900 belletristische Kurztexte in Anthologien, Literaturzeitschriften, Tageszeitungen, Magazinen und Kalendern sowie den Gedichtband „Punkt – Nach Komma, Strich und Faden" veröffentlicht.

Kubazan, geliebter Chaot

Shagambi, die grau gefleckte Tigerkatze, war nicht mehr die Jüngste. Sie, die den Namen einer weisen, tugendhaften Gottheit aus dem Kreis der *Nine gods of Omu* trug, machte ihrem Namen alle Ehre. Sie schlich bedacht von Raum zu Raum und hatte ihren Lieblingsplatz auf einem alten, hölzernen Kleiderschrank.

Moa, der alte, friedvolle, schwarze Kater, vergötterte seine Shagambi sehr. Moa und Shagambi waren ein eingespieltes Paar. Doch diese innige Freundschaft war nicht von Dauer, denn eines Tages lief Moa auf die Straße und wurde von einem Auto erfasst. Jana und Ben waren sehr traurig und auch Shagambi litt unter dem Verlust.

„Wir sollten Ersatz für Moa suchen! Allein zu Hause zu sein, wird Shagambi nicht sehr erfreuen!“, schlug Ben vor.

Im nahe gelegenen Tierheim hatte es Jana, Bens Freundin, ein kleiner, schwarzer Kater mit weißen Pfoten angetan. Ihn nahm sie mit nach Hause, wohlwissend, dass es ein sehr junges Tier war.

Die Katzeneltern setzten den kleinen Wicht Shagambi vor die Nase, die in ihrer tugendhaften Ruhe nicht einmal murrte. Gelassen blickte sie auf den Kleinen und verschwand nach einer Weile auf ihren Lieblingsplatz. Vom Oberteil des Schrankes betrachtete sie den Neuankömmling mit Argusaugen.

Jana und Ben überlegten, welchen Namen der neue Bewohner bekommen sollte. Noch verhielt er sich scheu und ruhig, sodass sie dachten, die traute Zweisamkeit, die Shagambi mit Moa einst geführt hatte, würde sich fortsetzen.

Doch weit gefehlt! Der kleine Neuankömmling entwickelte Aktivitäten, die man ihm nicht zugetraut hatte. Erst saß er minutenlang stumm da und ließ nur seine Augen rollen, dann – einer Energiesparlampe gleich, die länger braucht, ehe sie die maximale Lichtstärke erreicht hat – sauste er durch alle Räume. Jana und Ben verfolgten das Schauspiel mit gemischten Gefühlen.

„Wir nennen ihn Kubazan!“, rief Ben plötzlich.

Der wilde, chaotische Gott, ebenfalls aus der Reihe der *Nine gods of Omu*, sollte seinem Namen bald gerecht werden.

Kubazan spitzte zwar seine Ohren, wenn er gerufen wurde, konnte aber anscheinend mit seinem Namen nicht viel anfangen. Hin und wieder näherte er sich Shagambi. Offenbar hatte er mitbekommen, dass man, wenn man seinen Namen hört, bei seinen Futtergebern zu erscheinen hatte.

„Aha, so funktioniert das also!", dachte er anscheinend und kam automatisch immer dann, wenn Shagambi gerufen wurde ebenfalls zu Ben oder Jana. Sprachen die Katzeneltern ein Verbot aus, kratzte ihn das aber nicht.

Nach einer Eingewöhnungswoche mussten Jana und Ben wieder zur Arbeit. Abends, wenn sie nach Hause kamen, fanden sie immer ein kleines Chaos vor. Es verging kaum ein Tag, an dem nicht irgendetwas kaputt am Boden lag.

„Er wird ruhiger werden, noch ist er jung und muss sich erst an die neue Umgebung gewöhnen!", tröstete Ben seine Freundin.

Und dann kam Corona. Viele Menschen erkrankten, Gesunde arbeiteten im Homeoffice. So auch Ben! Im Normalfall war die Tür zu seinem Arbeitszimmer tagsüber immer offen. Leider hatte Ben vergessen, dass er vor Wochen einen unberechenbaren Kater bei sich aufgenommen hatte.

Für Kubazan gab es nichts Schöneres, als auf den Schreibtisch zu springen und über die Tastatur zu schleichen. Auch wenn nicht viel kaputtgehen konnte, waren doch auf einmal Zeichen am Bildschirm, die dort nicht hingehörten. Ben nahm den Kleinen, setzte ihn am Boden zu seinen Füßen ab und arbeitete weiter. Still und heimlich machte Kubazan sich nun an die Socken von Ben und versuchte sie von seinen Füssen zu zerren.

„Scht! Weg da!", befahl Ben lachend.

Das Schauspiel wiederholte sich so lange, bis Kubazan an einem der Verbindungskabel von PC zum Drucker zu knabbern begann. Seine Milchzähne waren scharf. Und schon konnte Ben vergessen, das, was er gerade bearbeitet hatte, auch auszudrucken. Geduldig trug er Kubazan aus dem Zimmer und verschloss die Tür. Kaum hatte er den Schaden repariert, hörte er ein heiseres Maunzen vor dem Arbeitszimmer. Er hatte ein weiches Herz und im Grunde amüsierte es ihn ja, wenn Kubazan etwas anstellte. Aber maunzen hatte er ihn noch nie gehört. Vorsichtig öffnete er die Tür und sieh an, da saß Shagambi. Ehe er die Tür ganz geöffnet hatte, kam Kubazan hereingeschossen, der sich offensichtlich hinter Shagambi versteckt hatte.

„Ihr versteht euch wohl schon recht gut!“, stellte Ben amüsiert fest.

Während Shagambi majestätisch zur Fensterbank pilgerte, war Kubazan bereits wieder auf der Tastatur zu finden.

„Schluss! Jetzt ist es genug!“, rief Ben nun doch etwas verärgert und entfernte beide Katzen aus dem Zimmer. „Ihr könnt im Duett maunzen, hier kommt ihr nicht mehr herein, ich muss arbeiten“, versuchte er zu erklären.

Und es herrschte tatsächlich Ruhe.

Unangenehme Ruhe!

Jetzt machte Ben sich erst recht Gedanken, was die beiden wohl in den übrigen Räumen des Hauses anstellten.

Eine Zeit lang versuchte er zu arbeiten, dann kam ihm diese Ruhe aber doch verdächtig vor. Er verließ seinen Arbeitsplatz und ging zuerst ins Wohnzimmer, in welchem sich Shagambi öfters auf dem Sofa breitmachte. So auch jetzt. Sie döste friedlich dahin. Ben ging daher weiter in die Küche. Beinahe hätte ihn der Schlag getroffen.

„Jana hat recht, ich bin selbst schuld, wenn so ein Chaos entsteht! Warum habe ich meinen schmutzigen Teller nicht in den Geschirrspüler gegeben? Ich Idiot!“, beschimpfte Ben sich laut.

Was war geschehen?

Der Teller, von dem er Spaghetti mit Tomatensoße gegessen hatte, war so sauber, als wäre er bereits im Geschirrspüler gewesen. Aber der Topf, in dem er die Tomatensoße gewärmt hatte, lag am grünen Küchenteppich! Die Soße hatte sich malerisch auf dem Belag verteilt und Kubazan saß mittendrin. Von seinen weißen Pfoten war nichts mehr zu erkennen und auch am restlichen Fell klebten Tomatensoße-Reste. Ben wusste nicht, ob er lachen oder heulen sollte. Kubazan blickte ihn aus seinen dunklen Augen neugierig an.

„Du wolltest es nicht anders!“, erklärte Ben böse, schnappte den Kater und brachte ihn ins Badezimmer. Nach einer ausgiebigen Reinigung setzte er ihn, in eine Kuscheldecke gewickelt, im Wohnzimmer bei Shagambi ab.

Die nächsten drei Tage passierte nichts. Dann hörte er einen Knall und lief wieder einmal in die Küche. Einem Blumentopf schlug dort gerade sein letztes Stündlein.

Jana kam nach Hause und beobachtete, wie Ben kehrte und wischte. Die Pflanze war hinüber wie der Tontopf. „Oje, wie schade! Das sollten wir ihm von seinem Taschengeld abziehen beziehungsweise von seiner Futterration!", erklärte sie lachend.

Kubazan verfolgte aufmerksam die Säuberungsarbeiten und überlegte bereits, was er demnächst vernichten konnte.

Als Jana und Ben im Bett lagen – die Schlafzimmertüre blieb immer geschlossen – hörten sie ein leises Kratzen, dann ein Miauen, dann ein Geräusch, als ob eine Katze gegen die Türe laufen wollte, und schon war diese offen. Kubazan musste gegen die Türklinke gesprungen sein und kam nun mit vollem Karacho herein. Hinter ihm – und das hätte Ben nicht für möglich gehalten – spazierte Shagambi, sprang auf Janas Bettdecke und machte es sich gemütlich. Kubazan tat es ihr gleich. Die beiden Katzen behandelten ab diesem Zeitpunkt Janas Bett, als ob es ihnen gehören würde.

Nach einigen Wochen gingen auf Kubazans Konto fünf Blumentöpfe, der Schirm einer Stehlampe, ein Küchenvorhang und noch einige Kabel. Er war und blieb ein wilder, aber geliebter Chaot und er hatte Ben und Jana so weit erzogen, dass die Katzeneltern nichts mehr stehen oder liegen ließen, was zu einer nächsten Katastrophe hätte führen können.

Hannelore Futschek *wurde 1951 in Wien geboren. Nach Matura und Studium heiratete sie und zog mit ihrer Familie 1984 ins Weinviertel. Vor ein paar Monaten übersiedelte sie ins Salzlkanmergut. Sie übte mehrere Berufe aus, unter anderem als Bankangestellte, Bestatterin und Angestellte im Arbeitsmarktservice. Seit der Pensionierung begann sie Kurzgeschichten zu schreiben. Das Spektrum hat sie um Romane erweitert, die Liebesgeschichten, Biografien und Krimis zum Thema haben. Bis dato wurden in mehreren Anthologien ihre Kurzgeschichten veröffentlicht.*

Unser Miezekater

Unser stolzer Miezekater Klaus
ist der Herr über jede Maus
in unserem Haus.
Im Keller geht er ein und aus
und verscheucht eine jede Maus.

Auch draußen im Garten ist er der Herr.
Er ist einfach wer!
Vor ihm fürchtet sich jede kleine Maus sehr.
Sogar die großen Ratten ängstigen sich vor ihm sehr.
Drum lieben wir ihn sehr!
Und verwöhnen ihn immer mehr.

Damit er sich bei uns wohlfühlt
und keine Maus in unserem Leben herumwühlt.
Unser Miezekater und wir sind hier schließlich die Herren!
Wir lassen uns doch von keiner Maus unser Weltbild verzerren.
Mäuse wie auch Ratten sind für unseren Kater zum Fraß.
An ihnen hat er sichtlich Spaß.
Sie sind wie Spielzeug für ihn.
Er jagt sie und scheucht sie,
hält sie in Schach
und verspeist auch mal die ein oder andere,
wenn sie nicht woanders hin wandert.

Er ist Herr über sie und hat sie im Griff.
Und verleiht so unserem Ansehen den letzten Schliff.
Dank ihm wohnt bei uns heimlich im Haus
keine einzige Ratte wie Maus.
Alles Ungeziefer hält er von uns fern.
Drum haben wir ihn so gern.
Unser Miezekater ist unser Held!
Denn er rettet beständig unsere Welt.

Juliane Barth, *Jahrgang 1982, lebt im Südwesten Deutschlands. Sie schreibt als Hobby seit jeher sehr gerne, u. a. Gedichte, Kurzgeschichten und Sachtexte. Veröffentlichungen in diversen Anthologien: https://sacry-decs.hpage.com.*

Zukunftsweisende Hochzeitsfeier

Die schneeweiße Siamkatze Laura und der pechschwarze Perserkater Laurel haben nach einjähriger Verlobungszeit beschlossen, den Bund der Ehe einzugehen und für baldigen Nachwuchs zu sorgen. Die Hochzeitsvorbereitungen laufen auf Hochtouren. In der Schreinerei zimmern fachkundige Kater Seifenkisten zusammen, die sie mit jeweils sechs gummierten Aluminiumlaufrädern versehen.

In der Schneiderei werden für Laura aus weißem, mit Rosen besticktem Chiffon das bodenlange Brautkleid und der Schleier genäht. Der Perlenkranz, zur Befestigung dieses Schleiers, scheint von innen heraus zu leuchten.

Laurels maßgeschneiderter Frack nimmt allmählich Formen an und unter den geschickten Händen des Hutmachers auch sein schwarzer Seiden-Zylinder.

In der Mäusekonditorei entsteht eine sechsstöckige Hochzeitstorte, garniert mit Herzen und Rosen aus feinstem Marzipan, die den Konditoren das Wasser im Mäulchen zusammenlaufen lässt.

Ein blumengeschmückter Traktor kommt dahergetuckert. Das Gefährt zieht acht Seifenkisten hinter sich her, die durch stählerne Anhängevorrichtungen miteinander verkoppelt sind. An der Frontladeschaufel des Traktors befindet sich das Ehrenpodest, wo das Brautpaar auf roten Samtpolstern Platz nimmt.

Im hinteren Wagen spielt die Hochzeitskapelle, im mittleren Wagen haut ein Musikant zwischen den einzelnen Musikstücken auf die Pauke, im vorderen Wagen singt ein gemischter Chor. In den übrigen Seifenkisten haben die Hochzeitsgäste Platz genommen. Die zahlreichen Mäuse unter den Gästen sind zur Feier des Tages elegant und stilvoll gekleidet. Einvernehmlich sitzen sie mit Katzen in den Seifenkisten eng aneinandergedrängt. Sie scherzen und lachen miteinander, als hätten sie seit jeher Freundschaften gepflegt.

Hasso, der bullige Hofhund, hat sich als Chauffeur zur Verfügung gestellt. Schwer lässt er sich auf den Fahrersitz plumpsen. Dann setzt er den Traktor mit dem Gaudiwurm als Anhängsel unter lautem Gehupe in Bewegung. Der Brautschleier flattert im Fahrtwind, als würde er den umstehenden Zuschauern zuwinken.

Katzen und Mäuse aus Heimatdorf und Nachbardörfern säumen die Straßen. Sie jubeln dem Brautpaar zu, lassen es hochleben, indem sie gegenseitig mit Sektgläsern auf deren Glück anstoßen und goldene, mit roten Herzchen bedruckte Fähnchen schwenken.

Das Brautpaar wirft, beglückt vom Jubel, zur Belohnung von Zeit zu Zeit Tüten mit Katzentrockenfutter und Käseecken in die Menge. Sofort schwillt das Gejohle an und Applaus brandet auf. Der *Gaudiwurm* umrundet sechsmal das Dorf und die Zuschauer werden nicht müde, ihnen zuzujubeln.

Am Abend sind alle nach wie vor heiter gestimmt. Das Brautpaar eröffnet mit seinem Tanz das Schlemmermahl. Die Festtagstafel biegt sich vor lauter Leckereien, an denen sich die Feiernden gütlich tun. Danach erleben alle eine rauschende Ballnacht, in der Katzen und Mäuse miteinander tanzen und sich ewige Freundschaft schwören.

Um auf Nummer sicher zu gehen, wird vertraglich Nachstehendes geregelt.

Der Bürgermeister beauftragt seine Verwaltungsangestellten, allesamt Hunde, die ordnungsgemäße Vertragsabwicklung spätestens am Abend der Hochzeit in die Pfoten zu nehmen.

Regularien:

Wer sich gegenseitig zum Hochzeitsfest einlädt, egal ob Katze oder Maus, und zuvor bei den Vorbereitungen tatkräftig mitwirkt, dem wird kein Haar gekrümmt, was für den jeweiligen Nachwuchs gleichermaßen gilt. Vertraglich verpflichten sich Katzen und Mäuse auch dazu, wann immer nötig, im Sinne der Nachbarschaftshilfe als Babysitter einzuspringen und für den Nachwuchs, egal ob in einer Katzen- oder Mäusefamilie, rosa und hellblaue Strampler und Babyschühchen zu stricken oder zu häkeln.

Alle erklären sich ohne Murren mit allen Regularien einverstanden und unterschreiben mit dem Abdruck ihrer rechten Pfote den jeweiligen Vertrag.

Die nächste Heirat und deren rauschendes Hochzeitsfest lässt nicht lange auf sich warten. Dieses Mal werden Maus und Mäuserich heiraten. Ihr Schneider hat bereits für den Entwurf ihrer Hochzeitskleidung bei ihnen Maß genommen …

Da kommt Freude auf!

Hochzeiten feiern wir, wie sie fallen,
wir lassen Jubelrufe erschallen,
hochlebe jedes glückliche Brautpaar,
es ist schon das dritte in diesem Jahr.

Jede Feier Anlass zur Freude gibt,
vor allem, wenn Paare sind so verliebt,
dass man vor Rührung Freudentränen weint,
sich mit allen liebevoll fühlt vereint.

Hunde, Katzen, Mäuse sich umarmen,
drum an Beziehungen nicht verarmen,
Unterstützung sie vertraglich regeln,
im Meer des Glücks friedlich dahinsegeln.

Ingrid Baumgart-Fütterer

Das Trugbild im Fenster

Ein Luftzug klarer Waldluft ließ die Blätter der großen Pappeln erzittern. Perlen des letzten Regens fielen zu Boden. Im Mondlicht funkelten sie wie Sternenstaub. Ich sog die Luft ein, genoss die klaren Geschmäcker nach Erde, Borke, Farn.

Ein Glühwürmchen erregte meine Aufmerksamkeit. Fasziniert verfolgte ich mit den Augen seinen Tanz. Es hatte einen Rhythmus, nicht dass ich den Takt benennen könnte, doch er war da. Und während es tanzte, gesellte sich ein weiteres hinzu. Erst eines, dann zwei, dann drei. Ihr mystischer Feenreigen ließ ein wohlig warmes Gefühl in meiner Brust aufsteigen.

Ein Rascheln. Mein Kopf fuhr herum. Meine Ohren waren gespitzt. In der Ferne rief ein Käuzchen. Der Wald steckte voller Leben.

Vorsichtig schlich ich weiter. Weiches Moos dämpfte jeden meiner Schritte. Wie Seide umspielte es meine samtenen Ballen.

Ein kleiner Bachlauf kreuzte meinen Weg. Vergnügt murmelte der Bach, erzählte von den Abenteuern, die er erlebt hatte, seit er der Quelle entsprang. Ich beugte mich zu ihm hinunter und kostete das klare Nass. Wie Honigtau rann es mir die Kehle hinab. Erfüllte mich mit Leben. Hauchte mir den Odem des Waldes ein.

Ich wurde eins mit der Natur.

Da war es wieder: das Rascheln. Sofort war ich erstarrt. Wie von selbst erfassten meine Ohren das Geräusch. Ein Tippeln, kleine Füße, ein Huschen über moderndes Laub. Meine Nase zuckte. Ich kannte den Geruch.

Ohne dass ich meinem Körper den Befehl hätte geben müssen, verlagerte sich mein Gewicht, brachte mich dem Boden näher und sammelte alle Kraft in meinen Beinen. Ein Beben erfasste mich, rollte über meinen Rücken und entlud sich in feurigen Blitzen in meinem Innersten. Meine Sinne waren geschärft. Der Jäger war erwacht.

Wie ein lebendiger Schatten folgte ich dem Duft meiner Beute. Die Jagd war mein Geburtsrecht! Ich war die Nacht.

Dann sah ich sie. Braunes Fell leuchtete auf. Meine Augen sprühten Funken. Elektrizität erfasste meinen Körper. So rein – so unschuldig – so saftig – die Meine.

Ich war bereit. Bereit zu springen – zu beißen – zu töten.

Beinahe konnte ich ihr Blut schon schmecken. Es war warm. Ich war bereit.

Meine Muskeln wollten zerreißen.

Ich …

Und aus dem Nichts ein Luftzug. Kein Rauschen. Ein lautloser Sturm. Die Nacht riss meine Beute mit sich. Ich erstarrte. Ihr süßes Bukett verschluckte der Wind.

Sonnenlicht ließ mich die Augen zusammenkneifen. Staub kitzelte mich an der Nase. Mit einem eleganten Schlag legte sich mein Schweif schützend über mein Gesicht. Die Nacht war vorüber. Der herrliche Waldduft war verblasst, blieb nur als fahle Erinnerung zurück. Noch konnte ich vor den geschlossenen Lidern die Schemen der Bäume erahnen, glaubte, die Sonne würde ihre Strahlen durch das sich schützend über mir wölbende Smaragdbaldachin werfen, doch ich wusste es besser.

Der Wald war ein Trugbild. Eine Erinnerung an frühere Zeiten, in denen ich auf kleinen Pfoten meiner Mutter durchs Dickicht folgte. Ich war bedacht, Schritt zu halten. Kletterte über Stämme, die sie mühelos übersprang. Tauchte durch ein Meer von Blättern, die sie überragte. Sie sprach von Vögeln und Mäusen. Wie man im Schatten lauert und sie mit einem großen Satz erbeutet. Kein Maunzen durfte mir über die Lippen kommen, wollte ich meine Mutter bei der Jagd beobachten. Nicht immer konnte ich mich beherrschen.

Meine Mutter war eine begnadete Jägerin. Jeden Tag brachte sie mir Mäuse. Der Geruch der noch warmen Körper stieg mir bei der Erinnerung in die Nase und ich spürte das weiche Fell an meinen Tasthaaren entlangstreichen. Wasser lief mir im Munde zusammen.

Wie gern würde ich dahin zurück. In den Wald. Jagen, Fangen spielen und am Bauch der Mutter Ruhe finden. Mich in ihr weiches, graues Fell vergraben, die Welt vergessen und wieder davon träumen, endlich groß und stark zu sein.

Mit einem Seufzen schlug ich die Augen auf. Fensterglas trübte meinen Blick. Dahinter grün. Ein säuberlich gemähter Rasen. Ich stellte ihn mir ähnlich weich unter den Pfoten vor wie das Moos aus meinem Traum. Noch nie hatte ich einen solchen Rasen betreten. Nur Felder, Weiden und Wälder. Die Wiesen, die ich kannte, waren wild. Gräser ragten zum Himmel empor und bogen sich im Wind. Blumen lockten allerlei Insekten, die zu verfolgen schmerzhaft sein konnte, wie ich meiner Mutter nicht glauben wollte. Lange schon hatte ich solche Wiesen nicht mehr gesehen.

Hier gab es keine Tiere. Nur ein paar Fliegen saßen von Zeit zu Zeit an der Fensterscheibe und hinterließen ihre Spuren. Noch ein Seufzen kam über meine Lippen. Die Luft hier war abgestanden. Keine frische Brise, kein Duft nach regennasser Erde. Nur Staub und Mensch. Lange schon war das alles, was ich riechen konnte.

Ich hatte mir abgewöhnt, ein Leben jenseits des Fensters zu vermissen. Ich hatte es doch gar nicht übel getroffen. Um nichts brauchte ich mich zu sorgen. Nicht wie die Streuner, die meine Mutter einst verjagte. Ich hatte Futter, ich hatte es warm. Nie musste ich mit gespitzten Ohren schlafen. Und doch, ich wusste, dass es mehr im Leben einer Katze gab.

Wehmütig betrachtete ich die im leichten Luftzug wackelnden Blätter des Holundergestrüpps schräg vor mir. Ach, was würde ich geben, in den Ästen zu klettern. Vom Sims könnte ich sie problemlos erreichen. Nur einen Tag. Eine Stunde. Die frische Luft einatmen. Ungehindert in langen Zügen, nicht schnappend vor einer temporär geschaffenen Ritze. Aber nein. Ich hatte es gut, das wusste ich. Es gab nichts, um das ich mich zu sorgen brauchte. Futter, Wasser, einen warmen Platz im Winter. Und dennoch … Es gab so viel mehr.

Meine Schwanzspitze schnippte. Verärgert über mich selbst. Was nützten die Flausen in meinem Kopf? Nichts als Unsinn! Nichts als quälende Sehnsucht. Schluss damit!

Mit einem Gähnen richtete ich mich auf. Reckte und streckte die steifen Glieder. Erst den Rücken, dann die Beine, ehe ich mir fein säuberlich den Schwanz über die Pfoten legte. Im Glas spiegelte sich mein graues Fell. Kurz meinte ich, nicht mich, sondern meine Mutter zu erkennen, dann schüttelte ich auch diesen Gedanken ab. Wir hatten das gleiche Fell, die gleichen Augen, doch mehr verband uns nicht mehr. Ihr Körper war sehnig, ihre Beine stark. Ich war schwach.

Noch ein Gähnen vertrieb auch diese Trübsal und ich wendete den Blick ab von der Spiegelung. „Gräm dich nicht“, sagte ich mir und leckte mir konzentriert über die linke Pfote, um mir das Fell hinter den Ohren zu glätten. Ich hatte ein schönes Fell. Mir gefiel die Farbe, das feine Tigermuster, doch vor allem die Struktur. Seidigweich und glänzend. Nicht wettergegerbt wie das der Streuner.

Ach ja, die Streuner.

Plötzlich eine Bewegung im Hollerbusch. Reflektorisch schärfte sich mein Blick. Etwas Braunes hüpfte von Ast zu Ast. Etwas Gefiedertes besah sich die noch unreifen grünen Beeren. Braun auf der Oberseite, hell mit Tupfen am Bauch. Augen schwarz wie Ruß und ein langer, spitzer Schnabel in der Farbe des Federkleids. Ohne dass ich es gewollt hätte, juckte es mich in den Pfoten, nach vorn zu springen. Es waren nur Zentimeter. Zugegeben, der Ast war für mich zu dünn, doch vielleicht könnte ich im Sprung …

Das Glas. Die Reflexion grün blitzender Augen traf mich. Die Spannung in meinen zum Sprung gespannten Hinterbeinen entwich. Ein Knurren entstieg meiner Kehle.

Die schwarzen Augen kreuzten die meinen. Wir sahen uns an. Ein stillschweigender Dialog.

Die Drossel höhnte mich. Sang von Freiheit und schlug mit den Flügeln. Wohl wissend, dass ich ein gebändigter Jäger war. Ein unterjochtes Raubtier. Eine gezähmte Gefahr.

Mona Lisa Gnauck, *2000 geboren, studierte nach dem Abitur Geologie/Mineralogie und absolvierte eine Ausbildung zur Journalistin. Als Dorfkind ist sie mit Katzen aufgewachsen. Stolze Freigänger, die sich das Wildsein bewahrt haben, im Winter aber auch gern den Pelz vor dem Kaminfeuer wärmten. Für sie ist es genau dieses Leben, welches einer Katze gerecht wird. Mehr von Mona Lisa findet ihr auf Instagram unter @lokistochter.*

Heimat erleben

Geschichten erzählen

Neue Anthologiereihe öffnet Türen zu literarischen Schätzen Deutschlands

Die neue Anthologie-Reihe „Heimat erleben, Geschichten erzählen" widmet sich der Vielfalt des literarischen Lebens in Deutschland. Mit 41 deutschen Regionen und vier Großstadtmetropolen im Mittelpunkt, wie beispielsweise dem Schwarzwald, dem Siegerland, der Lüneburger Heide, der Uckermark, dem Harz, der Sächsischen Schweiz oder den Städten Hamburg und München, stellt diese Reihe das reiche kulturelle Erbe, die vielfältigen Traditionen und die besonderen Charakteristika der deutschen literarischen Regionen heraus. Ziel ist es, eine Plattform zu schaffen, die Autorinnen und Autoren die Möglichkeit bietet, ihre Werke in einem breiten, literarischen Kontext zu veröffentlichen und so die literarischen Schätze der deutschen Regionen zu bündeln.

Mit dieser Anthologie startet ein neues Projekt, das dazu einlädt, das literarische Leben Deutschlands authentisch und kreativ zu erkunden. Schon in früheren Ausschreibungen wurden ähnliche thematische Schwerpunkte gesetzt, doch „Heimat erleben, Geschichten erzählen“ verfolgt nun das umfassende Ziel, die literarischen Stimmen der Regionen auf eine größere Bühne zu heben und zusammenzuführen.

Die Auswahl an Genres und Themen ist bewusst breit gefächert: Eingereicht werden können Erzählungen, Sagen und Märchen, Gedichte, Anekdoten, Mundarttexte, Historisches, Reiseberichte, Kurzkrimis, Fabeln, Legenden, Tagebucheinträge, Porträts, Lieder und Autofiktion – um nur einige zu nennen. Auch Bilder, historische Fotografien und Illustrationen sind willkommen, um die einzelnen Regionen noch anschaulicher darzustellen. Die Ausschreibungen sind für Schreibende jeden Alters offen, die Geschichten können unabhängig von der Herkunftsregion der Autorin oder des Autors eingereicht werden. Auch Mundarttexte sind ausdrücklich erwünscht, um die kulturelle Vielfalt Deutschlands authentisch einzufangen und den Charme der einzelnen Regionen erlebbar zu machen. Einsendeschluss für die Anthologie-Ausschreibungen ist der 30. Juni 2025.

Weitere Informationen unter

https://papierfresserchen.eu/heimat-erleben/

Rätselspaß: Entfessle deinen Geist!

Alarmstufe Rot:
Rätsel für kluge Brandbekämpfer
ISBN: 978-3-96074-847-2

Rätselgrill:
Scharfe Fragen für heiße Köpfe
ISBN: 978-3-96074-848-9

Tüftler-Rätsel:
Denksport für pfiffige Heimwerker
ISBN: 978-3-96074-849-6

Rätselbiker:
Coole Fragen für heiße Motorradfahrer
ISBN: 978-3-96074-855-7

Rätselgarten:
Kniffliger Denksport für grüne Daumen
ISBN: 978-3-96074-852-6

Katzen-Knobelei:
Rätselspaß für clevere Katzenliebhaber
ISBN: 978-3-96074-856-4

Schrauber-Rätsel:
Kniffliger Ratespaß für Autofreaks
ISBN: 978-3-96074-846-5

***

Taschenbücher, 140 Seiten
von **Nanja Holland** im Buchhandel, bei
Amazon und unter
www.papierfresserchen.de

www.ingramcontent.com/pod-product-compliance
Lightning Source LLC
LaVergne TN
LVHW091122150826
845673LV00002B/943

* 9 7 8 3 9 9 0 5 1 3 4 3 9 *